dtv

W0305064

Noch viele Jahre nach seinem Tod sollte mein Vater unter den reichlich zwei Metern Erde, unter denen er begraben war, bei dem Gedanken an diese Geschichte in sich hineinlächeln und sich selig an die Tricks erinnern, mit denen er alles und jeden getäuscht hatte, der ihm in die Schusslinie geraten war. Unter dieser schweren, schwarzen Erde lächelte er also, und er hing zärtlichen Erinnerungen nach, während er in Gedanken noch einmal alles durchging, was er angestellt hatte. Und nachdem er Dinge, Ereignisse und Menschen gründlich durcheinandergewirbelt hatte, kehrte er stets und unweigerlich zu dem letzten Augenblick zurück, da ihn seine Beine getragen hatten, bevor sein Leben entschied, dass es genug sei, und er sich mit der Bocciakugel in der Hand auf die Bahn knien musste, erstaunt über diese plötzliche Schwäche, die ihm nun das Augenlicht und das Herz nahm.

Wenn ihm in dieser Grube noch irgend etwas zu schaffen machte, so der Umstand, dass er nicht mehr hatte sehen können, ob die Kugel ihr Ziel erreicht hatte, ob sie am Ende mit dem Dreh fortgerollt war, den er ihr hatte geben wollen – wie ein Komma in einem Liebesbrief, langsam, sanft, mit unmerklicher Verzögerung abbiegend, um sich dann an die Zielkugel zu lehnen, mit einer hauchzarten Berührung, wie eine Liebkosung für eine seiner vielen Frauen.

Die letzte.

I

Als mein Vater in Afrika landete, war er schon so etwas wie ein Magier, konnte er doch das hervorzaubern, was jeder Mensch tief in sich verborgen hält, in den geheimen Winkeln, die wir in der Haut unserer Hände haben, hinter den Augen, wenn wir träumen, in den Falten unserer Lippen. In diese Verstecke konnte er seine Wörter gleiten lassen wie eine Zigeunerin ihre Finger zwischen die Verschlusshaken deines Goldkettchens, und mit einem Bukett aus Verben und Adjektiven brach er jeden Widerstand, indem er dich mit einem Kompliment umgarnte und dich so zu einem Lächeln zwang – auch wenn du vor dir nur Wüste und Steine hattest und wenig oder gar kein Brot.

Seine Dietriche waren die Wörter, und auch seine Taschenspielerhände waren Wörter, mit denen er die Welt und die Dinge und die Wünsche schrieb, die, wie er sich einbildete, die Menschen gern verwirklicht hätten.

Während die Mütter auf dem Bahnsteig beim Abschied von ihren Söhnen weinten, die sich an den Militärlaster klammerten, die Mädchen ihre tränennassen Taschentücher zerknüllten und jedem der abreisenden jungen Männer ein felsenschweres Heimweh am Hals hing, war er wohl der einzige, der vor seiner Mutter einen Teppich fröhlicher Grüße entrollte und ihr die Traurigkeit aus den Augen vertrieb, da er sie durch die Panoramen, die er schilderte, zum Träumen zwang und zum Lächeln über die Beschreibung von Orten und über Geschichten, die er, obwohl noch nicht einmal abgereist, bereits erzählte.

Afrika erschien, von ihrem kleinen Dorf am Fuß der Alpen aus, wie eine Weite aus Gold und Abenteuern, ein Reich des Möglichen und der Eroberung, wo der Gestank der Kneipen, der von Arbeit durchtränkte Atem der Betrunkenen, der schwere Schritt von Kälte und Frost keinen Platz fanden, verdrängt von Odalisken und Kamelen, von Weiten glühheißen, feinen Sandes, von Frauen und Gebieten, die nur erobert werden mussten für ein Imperium, das sofort allen zuteil werden sollte.

Von der Kurve, die gleich hinter dem Bahnhof ihres Dörfchens begann, nahm ein Zug eines Tages die Leben von jungen Burschen mit sich fort, die Uniform trugen, das Gewehr geschultert, wie man es ihnen bei den Appellen im faschistischen Samstagsdienst beigebracht hatte, auf halbem Weg zwischen Krieg und Kirchweih. Auf den Bänken sitzend oder ausgestreckt, noch gefangen zwischen dem Zweifel an dem bevorstehenden Triumph und der leisen Angst vor der Ferne, richteten die jungen Soldaten ihren Blick einmütig auf meinen Vater und baten ihn und sein Gauklertalent wortlos, sie auf dieser Reise zum Gold und in die Finsternis an die Hand zu nehmen.

Er spürte diese Blicke auf sich, die steinernen Blicke von Leuten vom Land, von Menschen, die es vermochten, vor den majestätischen, schroffen Bergen dieser Gegend zu wohnen, Leben und Blut aus dem Boden zu ziehen, aus dem schweren Schlamm im Winter und aus dem Staub im Sommer. Spröde, wortkarge Leute zumeist, die ihre Träume lieber begruben, als dass sie vor aller Welt kundtaten, dass sie am Leben waren, die ihre Träume lieber im Wein ertränkten, in Flüchen erstickten und in dem mit nur einem Axthieb zerteilten Holz. Er spürte die Blicke auf sich und begriff, dass neben dem Lokomotivführer, der wahrscheinlich wusste, wohin die Reise ging, in diesem Zug wirklich er der einzige war, der eine Idee von dem Afrika hatte, das die Regierung ihnen beschert hatte, er, der an diese Idee nie geglaubt hatte.

So kam er zwischen dem Rattern des Stahls und dem Knarren der Holzbänke zum x-tenmal der Pflicht nach, die seine magischen Kräfte ihm auferlegten, und begann dieser Truppe zu erzählen, wie die Berber ihre entzückenden Fohlen zureiten und wie der Mond nachts in der Wüste vor Kälte weint, die der Sand ihm zurücksendet, nachdem die Sonne jeden Atemzug verbrannt hat. Er beschrieb ihnen das Aroma von Sandelholz, den Hibiskus, die Häuser aus Sand und den Schnitt der Frauenaugen, den man hinter hauchdünnen Schleiern nur ahnen konnte.

Vom Bahnhof unterhalb der Berge, begleitet vom Rollen der Räder und gewiegt von karawanenlangen Geschichten, glitten die jungen Männer aus dem kleinen Dorf am Fuß der Alpen hinab in ein Italien, das sie nur vom Hörensagen kannten, und verwirrt vom Glitzern einer Mondsichel über dem Tyrrhenischen Meer, glaubten sie, die das Meer noch nie gesehen hatten, in einem mit Worten durchsetzten Halbschlaf, bereits die silberne Küste Tunesiens vor Augen zu haben oder auf einem Schiff zu sein, das vor Tripolis, dem schönen Ort der Liebe, vor Anker lag, und noch im Sterben, von einem Granatsplitter durchbohrt oder von einer Maschinengewehrsalve zerfetzt, sollten sie als letzten Bissen den salzigen Geschmack einer heimischen Wasserfläche genießen, die sie in jener Nacht für ein fernes, exotisches Paradies gehalten hatten.

Rittlings auf einer Bank sitzend, als würde er eine Kutsche lenken, ergriff mein Vater die Zügel der Ängste dieser Jungen, und obwohl er keine Ahnung hatte, wie er vorgehen sollte, obwohl er nicht einmal wusste, wo überhaupt beginnen, leitete er sie die ganze Nacht und den folgenden Tag auf einem Weg, der sie fast alle ins Verderben führen sollte, bettete ihre Sorgen auf bunte Bilder, glättete Gerüche, versetzte den herben Geschmack ihres Rotweins mit dem Nektar, den sie zweifellos kosten würden, legte sie neben Frauen und verglich Löwen mit Maultieren, Affen mit Pferden, Kamele und Menschen untereinander, Menschen und Brüder.

Dies war im Grunde der erste große Zauber, den mein Vater ihnen schenken konnte, und er begleitete diesen Zug, bis der Hafen von Neapel sich in einer Schönheit vor ihnen auftat, die allen unverschämt vorkam, und der Anblick des Vesuvkegels, der sie als einziges an eine soeben erst verlassene Vertrautheit erinnerte, die Gemüter all derer erregte, die sich nie hätten träumen lassen, dass ein Berg sich von der stetigen, beängstigenden Bewegung des vor ihm liegenden Wassers aus geradewegs zum Himmel erheben kann, aus einer weiten Fläche voller Boote, Kähne, Schiffe, Menschen und Dinge, in einem Durcheinander von Licht und Blau, das von allen das Meer genannt wurde.

2

AN DEM TAG, als er geboren wurde, schlief mein Vater friedlich im Meer, geborgen im Bauch meiner Großmutter, ohne die geringste Absicht, in die Welt herauszukommen. Mir sollte er später, als wäre es vollkommen normal, auf seine gedankenlose Art seine Erinnerungen an die Zeit erzählen, als er zusammengerollt in dieser stillen Wärme lag und die gedämpften Geräusche hörte, die von außen hereindrangen, die Violinstimme seiner Mutter, die sang, wenn sie zum Ährenlesen über die Felder ging. Wollte man ihm glauben, erinnerte er sich sogar an den Duft der Liebesstunde, in der er entstanden war, einen milden und zugleich herben Geschmack, der an das Stöhnen einer Frau erinnerte, die noch ein junges Mädchen war, und an die verlegene Unruhe eines Mannes, des Capomastro, der ihr zärtlich und leidenschaftlich die Jungfräulichkeit nahm. Ein Knäuel aus Seufzern, erzählte er mir, Hitze und das Gefühl von Gefahr, erfreulich wie ein atemloser Lauf bergab, ein Sprung ins Wasser, die Ankunft des Schlafs nach der Müdigkeit. Ein starkes, dringliches Sehnen, erklärte er, etwas, was sein Leben lang an ihm haftenblieb, was er dann häufig anstelle von Angst empfand, angesichts der angelegten Gewehre des Exekutionskommandos ebenso wie vor dem wütenden Blick einer betrogenen Geliebten. Er behauptete, selbst nach all den Jahren noch die starke Umarmung seines Vaters zu spüren, der sich an der Liebe festgehalten hatte, und die bebende Erregung der Mutter, während sie zur Frau wurde, überwältigt von Überraschung und Lust: ein Anlauf, ein Stoß, kräftig und kurz wie ein Schuss, der ihn in dieses Nest aus Fleisch katapultiert hatte, wo er nach neun Monaten geboren wurde.

Und ich, ein Kind, ein Halbwüchsiger, ein Mann, hörte ihm zu, versuchte angestrengt, mir jenen Moment vorzustellen, und biss mir auf die Lippen vor Neid und Bedauern darüber, dass ich nichts Vergleichbares hatte, womit ich der Unvorhersehbarkeit des Lebens trotzen konnte. Dabei kümmerte es mich wenig, dass die Geschichte von den Umständen, wie meine Großmutter die Liebe kennengelernt hatte, aus ihrem Mund ganz und gar nicht zu den bernsteingelben und korallenroten Empfindungen meines Vaters passte, denn ihr zufolge war dieses erste Mal ein Durcheinander hastiger Küsse und rascher Berührungen, zu groß war ihre Angst und ihre Unerfahrenheit, als dass sie irgend etwas anderes als Verwirrung gespürt hätte. Gewiss, der Capomastro gefiel ihr, hochgewachsen, mit großen Händen, liebenswürdig im Umgang und im Gespräch; und mit einem Blick zurück durch den Nebel der Zeit hatte sie ihn sicher wirklich geliebt, denn ihre Augen begannen auch nach so vielen Jahren allein schon bei der Nennung seines Namens zu glänzen und traurig zu werden, und ihre Stimme brach sich in einem leichten Zittern, einer Mischung aus Zorn und Kummer über alles, was zu erleben sein vorzeitiges Verschwinden ihr verwehrt hatte. Doch die Liebe und besonders jener Geschmack, den mein Vater mir beharrlich in allen Einzelheiten beschrieb, den Lichtblitz im Meer der Stille, in dem er geschwommen war, diese Liebe spürte ich in den Erzählungen meiner Großmutter nicht. Vielleicht war sie versunken in der Zeit, unter der Last der Dinge des Lebens und der Einsamkeit, der meine Großmutter sich hatte stellen müssen, all dessen, was sie mit einem kurzen Ausruf voller Zweifel und einer raschen Handbewegung abwehrte, als wollte sie etwas aus ihrem Blickfeld verjagen, was keine Aufmerksamkeit verdiente und nicht genug Bedeutung besaß, um wieder aufgerührt zu werden.

An dem Tag jedenfalls, als mein Vater geboren wurde, schlief er friedlich in der Geborgenheit meiner Großmutter, ohne die geringste Absicht, in die Welt herauszukommen, und wenigstens darin stimmten die Geschichten überein: dass der kanonische Geburtstermin schon gut und gern einige Wochen überschritten war und nichts auf eine baldige Niederkunft hindeutete. Ächzend und mit durchgedrücktem Rücken, um ein Gegengewicht zu schaffen, trug meine Großmutter ihre Last und schimpfte auf dieses faule Früchtchen von einem Kind, als wäre es ein lästiger Klotz am Bein, ein bleischweres Hindernis für ihre Arbeit als Ährenleserin, für das Umherstreifen querfeldein, wenn sie das aufsammelte, was von der Ernte übriggeblieben war, Artischocken und Möhren, Maisreste oder auch zarte Zichorien und anderes Gemüse, das sich gut für die Suppe eignete. Um keinen Preis hätte sie auf das Vergnügen dieser Suche verzichtet, sie liebte es, stundenlang mit gesenktem Kopf, gebückt, zwischen den Stauden zu suchen, um Pflanzenbüschel zu durchstöbern, um Erdschollen und Erdklumpen umzudrehen und Stück für Stück einen Schatz zusammenzutragen, den sie dem Capomastro schenken konnte und den sie als Suppe, als Salatsoße oder als Eingemachtes am Küchentisch mit ihm teilte.

Auch mit dieser Last, die ihr fast das Kreuz brach, ging meine Großmutter also noch Ähren sammeln, behalf sich dabei nur mit einem Stock, um sich nicht ständig bücken zu müssen, und stolperte an einem Dezembertag mitten auf der Wiese hinter der Kirche über einen Kohlkopf, der groß wie ein Ballon war und nur auf sie zu warten schien. Als sie ihn so einsam, prall und glänzend auf dem dunklen Boden liegen sah, dachte sie sonderbarerweise nicht an eine Suppe, sondern an eine Merkwürdigkeit, die vom Himmel gefallen sein musste, um sich in diesen Garten zu pflanzen, ein für das Tageslicht offener Stern. Eine Sonne. Sie trat näher und betrachtete die Äderungen auf den festgeschlossenen, sehr hellen Blättern, die Farbschattierungen und die großen, dunklen Schaufeln, die sich wie Hände rings um die Kugel öffneten, dieses Etwas, das sie mit seiner Harmonie und seiner Ausgeglichenheit in gute Laune versetzte.

Für kurze Zeit vergaß sie ihren lästigen Bauch und bückte sich, um diese makellose Skulptur zu berühren und ihrer fleischigen Beschaffenheit mit den Fingerspitzen nachzuspüren. Ihre Hände glitten über das Netz der Blattadern, fühlten einen zugleich zarten und festen Stoff, und ein Schauer durchfuhr ihren Körper, etwas, was sie an einen Traum erinnerte, an einen Ort, den sie nicht hätte beschreiben können, und an eine Zeit, deren Dauer sie nicht erfasste.

Erst als sie wieder aus dieser Benommenheit auftauchte, bemerkte sie, dass mein Vater erwacht war und beinahe ganz ohne Anstrengung aus ihr herauswollte, sanft und so schnell, wie er bis dahin ruhig und reglos gewesen war. So konnte sie sich gerade noch auf den Boden setzen, bevor ihr erstes Kind schon mit Schreien und Schluchzern gegen seine Geburt protestierte. Sie schaute in die Runde und fühlte sich für einen Augenblick verloren, mutterseelenallein, mit diesem blutigen Etwas zwischen den Beinen, ohne einen Menschen, der ihr riet, was zu tun sei, und ihr zur Seite stand. Sie wollte schon losschreien, fürchtete aber, das Kleine zu erschrecken, nahm all ihren Mut zusammen, streckte sich ganz auf dem Boden aus und zog es zu sich auf die Brust.

In diesem Moment trafen ihre Augen auf den Blick ihres Sohnes, und sie sah seinen Anfang und sein Ende, sah die Frauen, die ihn lieben würden, und sah seine Treubrüche, sah seine Feigheit und die grenzenlose Großzügigkeit seiner Lügen, sah ihn in den Krieg ziehen und sah ihn zurückkehren, sah ihn seine Geschäfte, Schwindeleien, Tricks aushecken, sah ihn vor Wut weinen und vor Staunen lachen, sah mit seinen Augen Afrika und das Gleißen der Wüste, sah diese und tausend andere Dinge und spürte die Leichtigkeit und die Last, ihm sowohl das Leben als auch den Tod gegeben zu haben. All das lag nun ganz in ihren Händen, eingeschlossen in diesem bebenden, schluchzenden Bündel, das von den grünen Blättern eines wundersamen Gemüses umrahmt war.

Ringsumher herrschte Stille. Niemand schien bemerkt zu haben, was geschehen war. Nur der Himmel über ihr würdigte sie seiner Aufmerksamkeit und ließ nun einige unentschlossene Schneeflocken herabrieseln. Sie presste ihren Sohn noch fester an sich und dachte lächelnd, dass die Kinder ja wirklich neben dem Kohlkopf geboren werden.

3

Er habe eine Weile gebraucht, behauptete mein Vater, um sich im Bauch meiner Großmutter einzurichten, und sich dann alle Mühe gegeben, ihr seine Gegenwart kundzutun. Sie war wirklich kaum mehr als ein junges Mädchen und schenkte den Konsequenzen der Liebe aus Naivität oder Gedankenlosigkeit nicht viel Beachtung. Ihre Treffen mit dem Capomastro waren Fluchten vor den aufdringlichen Blicken des Dorfes, an den Gräben, die die Landschaft zerkratzten, oder, was ihr mehr gefiel, spätabends, wenn auch der letzte Maurer gegangen war, auf den Sandbergen der Baustellen, auf denen er als Maurermeister arbeitete. Um nicht den Argwohn ihrer Mutter, der Signora Adelina, zu wecken, war sie auf die Idee gekommen, einen Teil der Nachlese zu verstecken, um sie an den Tagen mit nach Hause zu bringen, wenn sie sich mit ihrem Geliebten traf, und so Gelegenheit und Zeit für etwas zu bekommen, was für sie regelrechte Reisen in die Ferne waren.

Im Gras ausgestreckt oder auf dem feuchten Sand, der schon bald Mörtel oder Zement sein würde, genoss meine Großmutter es mehr als die sinnliche Befriedigung, sich in die Arme des Capomastro sinken und sich wie in einem Flug davontragen zu lassen, weit fort von der harten Wirklichkeit des Alltags, eines Lebens, dessen einzige Freude im Umherstreifen auf der Suche nach Ernteresten bestand. So wie in der Liebe fand sie nur in den Stunden, in denen sie auf den Feldern stöberte, eine Zeit für sich allein, in der sie Lieder singen und Abzählreime aufsagen konnte, die ihr

Gesellschaft leisteten und sie aufheiterten. Vor dem offenen Raum einer Wiese oder eines weiten Ackerlands, auf das man schaut, wie man aufs Meer schaut, bevor man hinausfährt und sich ihm stellt, fand meine Großmutter eine ganz eigene Zufriedenheit, eine Mischung aus sanfter Melancholie und Zuneigung, die für sie die Erinnerung an ihren Vater Mondo, den Seemann, bedeutete, eine schwankende Erscheinung, überraschend wie ein Schluckauf, ein Wind, der plötzlich in die häuslichen vier Wände hereinwehte, um Unordnung, Freude und Geschichten zu bringen und auch einen Anschein von Liebe, festumschlungen in den Umarmungen von Signora Adelina und ihren eigenen, der beständig wartenden Tochter: Er wehte herein, und die geordnete Zeit der häuslichen Stunden wurde auf den Kopf gestellt, kurz und klein geschlagen, hinweggefegt, wahrhaftig wie von einem Schluckauf erschüttert, um sich dann unversehens in einer schmerzlichen Flaute zu beruhigen, wenn er wieder fortging eines Morgens, den Seesack über der Schulter und die raumfüllende Gegenwart eines Meeres der Stille zurückließ.

Mondos Gesicht war von tiefen Furchen gezeichnet, eingegraben von der Sonne, vom Salzwasser und von den Meilen, die er, wie er erzählte, auf den Ozeanen der Welt zurückgelegt hatte, auf dem Weg zu Orten und Zielen, die nicht in den Wortstapeln seiner Reiseberichte aufgehoben blieben, mit denen er die Abende okkupierte. Dieses Gesicht war für sie die Landkarte der Welt, und der Name, mit dem ihr Vater in der ganzen Gegend bekannt war, noch bis über die Landstraße hinaus, die in die Stadt führte, war nicht nur die Abkürzung seines offiziellen Namens Edmondo, sondern vor allem die deutliche Ausrufung dessen, was er war und was er enthielt: Mondo – die Welt.

Doch mehr noch. Als kleines Mädchen hatte sie zu Füßen dieses Mannes gesessen, der nach Petroleum und Salz roch, und ihm zugehört, während er Kap Hoorn umschiffte oder sich mit Tränen in den Augen bei dem Versuch verausgabte, inmitten von welligen Bergen, die sanft wie Liebkosungen waren, die Kraft und den Schrecken von Wasserwänden und Fluten zu evozieren, die Menschen töteten und im Nu die Vorstellung zunichte machten, man sei imstande, das eigene in die Wogen geworfene Leben zu beherrschen. Und wie einen Zauberkünstler sah sie ihn Seile und Tauwerk zu Knoten binden, die er mit Namen von wundervollem, mysteriösem Klang erläuterte. Es waren Palsteks und Ankerstichknoten, Seilverbindungen, die Masten und Taljen, Klampen und Vertäuungen straff zusammenhielten, fest wie Fäuste oder leicht wie Träume, Pfostensteks und halbe Schläge, die der Kraft eines Taifuns trotzen, doch sich auch beim zierlichen Ruck von einer Kinderhand lösen konnten.

Sie saß ihrem Vater zu Füßen und sah in seinen Händen diese Hanfknäuel entstehen, jedes mit einem eigenen Namen, der in ihrem Kopf ferne, exotische Orte und Menschen erstehen ließ, Felder mit seltsamen Blumen und fremdländische Landschaften: Laufknoten, Doppelter Laufknoten, Prusik, Engländer, Affenfaust, Verkürzungsstek, Kreuzknoten und Flaggenstek.

Fasziniert von Mondos raschen, leichten Handbewegungen, geriet meine Großmutter ins Träumen, ihre Augen sahen die Knoten, und in den Knoten sahen sie Räume, sahen sie die Kraft des Windes und der Sonne, die Ohrfeige des Salzwassers, schneidend wie ein malaysisches Messer, sie sahen Wellen, Bewegung und Spiel, etwas, was sich auch vom weiten Horizont der Ebene hinter dem Dorf nicht begrenzen ließ und nicht vom sanften Anstieg der von den fernen Umrissen des Steinbruchs gezeichneten Kreideberge.

Verliebt in die Knoten ihres Vaters, übertrug meine Großmutter die magische Fähigkeit auf ihren Sohn, die Geschicke des Lebens in einer Verknüpfung zu bändigen, so dass er mit der Kunst, Ordnung in ein Knäuel zu bringen, zugleich Liebe und Hass verbinden konnte, Verrat und Treue und Stolz und Feigheit und Wahrheit und Schein. So dass er Unbeweglichkeit und Flucht sein konnte. In ihrem Bauch erhielt mein Vater in den Monaten, die das Leben braucht, um Fleisch und Blut vollständig zur Gestalt eines Menschen zusammenzufügen, die Veranlagung zur Täuschung, die Begabung, jedes Schnürband und jeden Zwang zu binden und zu lösen, das Talent, andere und sich in der Illusion zu wiegen, frei von allen Fesseln zu sein.

Traumverloren in ihrer Liebe zum Capomastro, ließ meine Großmutter ihren Sohn also wie nebenbei entstehen, und in der Geborgenheit ihres Bauches übernahm er es, sich mit Saltos, Kapriolen und ständigen Fußtritten bemerkbar zu machen, die sie mitten in der Nacht weckten und ihr, jung und unerfahren, wie sie war, als Symptome einer beängstigenden, merkwürdigen Krankheit erschienen. Signora Adelinas Diagnose war, nachdem sie die Gründe für die Furcht ihrer Tochter gehört hatte, alles andere als schwierig. Die Schwierigkeit bestand vielmehr darin, wie sie sich weiter verhalten sollte, hin und her gerissen zwischen der Pflicht, das Geschenk eines neuen Lebens zu segnen, das der Herr der Familie zuteil werden ließ, und der Verstimmung über diese offenkundige Zeugung ohne das Sakrament der Ehe.

Tatsächlich war ihr erster Impuls, diesem mutmaßlichen Unglück mit zwei schallenden Ohrfeigen zu begegnen, die auch das mütterliche Bedürfnis befriedigt hätten, Scham und Schreck abzureagieren. Doch dann sah sie sich noch einmal selbst vor nicht allzu vielen Jahren, mit ihrem von Mondos Samen geschwellten Bauch, ohne dass ein Priester ihre Verbindung bereits gesegnet hätte, wie es Gott befiehlt. Sie sah sich noch einmal selbst in der umgekehrten Situation, wie sie die Sünde vor ihrer Mutter rechtfertigte, Entschuldigungen stammelte, die ihr allerdings verlogen vorgekommen waren, gingen sie doch in dem Gefühl der Liebe unter, das sie empfand. Und nun hatte auch sie ein Augenpaar voller Tränen vor sich und ein schönes, von aufrichtigem Schmerz verzerrtes Gesicht, und so verwandelte sich die schon zu einer Kopfnuss erhobene Hand beim Herabsinken in eine Liebkosung und dann in eine Umarmung.

Was zu tun sei, würde sich schon finden, dachte Signora Adelina, und als sie den Körper ihrer Tochter in ihren Armen spürte, war ihr, als hätte es weder die Jahre noch die Ozeane je gegeben, weder Mondos Ankünfte noch seine Abreisen, weder sein mysteriöses Verschwinden noch den schmerzhaften Stich, den ihr dies auch nach den vielen Jahren noch versetzte, und als wäre jede Distanz überbrückt mit diesem Sichaneinanderschmiegen in etwas Unerklärlichem, das die Menschen aus Bequemlichkeit und aus Faulheit Liebe nennen. Was zu tun sei, würde sich schon finden, dachte Signora Adelina und fühlte sich stark und gespannt wie ein Segel hart am Wind, durchaus imstande, jenes Gefühl zu verteidigen, selbst wenn sie dabei auch Welle und Ozean sein musste, um jedes Gerede zu ertränken, und wenn nötig auch dieses ganze verfluchte Dorf.

So drückte sie ihre Tochter an sich, streichelte sie und

sagte, es werde schon alles gutgehen, sie werde ein Kind bekommen, so stark und schön wie der Capomastro, sie solle sich also nicht um Klatsch und Tratsch oder irgendwelche Schwierigkeiten kümmern, denn Liebe sei ein hohes Glück, sei der Knoten, der das Leben und die Träume zusammenhält, Vertäuung der Angst und frischer Rückenwind. Und während sie ihrer Tochter Worte zuflüsterte, die gegen jedes Unheil halfen, lauschte mein Vater im Bauch meiner Großmutter und band sein junges Leben bereits mit einem Webeleinenstek an die Nabelschnur.

4

Später erzählte mir mein Vater vom Capomastro, davon, wie er als erstes seine Stimme kennengelernt hatte und fasziniert von ihr gewesen war. Eine Stimme, so kräftig wie die Hände, die mit Ziegelsteinen, Balken und Mörtel hantierten, die lotrecht Mauern hochziehen und Fensterwinkel anfertigen konnten, die Schornsteine errichteten und alles arrangierten, was nötig war, um ein gutes Haus für Menschen zu bauen. Will man den Erinnerungen meines Vaters – oder seinen Lügen, ich weiß es wirklich nicht – Glauben schenken, ging meine Großmutter zum Capomastro, um ihm die künftige Geburt dieses Kindes mitzuteilen, das sich, allem Anschein nach, um zu lauschen, bereits im Bauch versteckte; und sie war durch die Worte ihrer Mutter noch keineswegs beruhigt und hegte jedenfalls die Befürchtung, er könne, wie es die Männer, diese wilden Tiere, oft tun, eine Ausrede erfinden, einen Zweifel, eine Gemeinheit, die ihn weit von ihr und von der Verantwortung für diese gemeinsame Pflicht entfernte. Trotz der Versicherungen von Signora Adelina fehlte ihr die feste Überzeugung, dass der Capomastro ebendie Liebe empfand, die sie als den besonderen Ort erlebte, an dem man frei reisen und träumen konnte.

Meinem Vater zufolge gab es jedoch Umarmungen, frohes Lachen und sogar Rührung, und er hörte, wie ebenjene kräftige Stimme, die er so liebte, einen Schwur ewiger Liebe leistete, den eines Vaters und eines tüchtigen Maurermeisters. Er würde meine Großmutter also heiraten, und auch als Ehemann würde er ihr weiterhin heimlich nachstellen, wenn sie zur Ährenlese ging, und sie nach wie vor umwerben, mit Blicken und geflüsterten Andeutungen, um sie zu überreden, sich auf den Wiesen oder auf dem Sand der Baustellen auszustrecken, sich dem Lauf der Dinge zu überlassen und mit der Liebe ihre Träume zu erforschen. Er würde dem Kind seinen Namen geben und mit Leib und Seele Vater sein und sogar Großvater, war Signor Mondo doch auf den Meeren verschollen, und was seinen eigenen Vater betraf, hatte er nie auch nur eine Spur von ihm gesehen. Und schließlich würde er auch für seine Familie der Maurermeister sein und für sie alle drei ein Haus bauen aus solidem Ziegelstein und Balken, mit einer Küche und einem Kamin und einem Zimmer für das Kind, das zweifellos Landvermesser, Musiker und Flieger werden würde.

Bei jeder Erzählung meines Vaters wechselte sein künftiger Beruf. Doch ohne jeden Zweifel kann ich glauben, dass meine Großmutter, die sich bereits bei diesen Worten verheiratet sah, sehr gerührt war, und zeit seines Lebens war der Capomastro in ihren Augen der sichere Hafen, von dem aus sie zu ihren Liebesreisen aufbrechen konnte.

Und der Capomastro hielt Wort. Er liebte meine Großmutter, und bis die Niedertracht einer unbekannten Krankheit, und vielleicht auch die der Faschisten, ihm das Leben nahm, umwarb er sie weiter, beobachtete sie heimlich beim Ährenlesen und baute schließlich ihr Haus aus Ziegelstein und aus den Stunden, die ihm nach der täglichen Arbeit blieben. Als ich schon halbwüchsig war, nahm mein Vater mich einmal mit und zeigte mir dieses kleine Bauwerk, das mir wie ein Witz vorkam: kaum mehr als ein Spielzeug, mit niedrigen Wänden und Fenstern und mit einem Dach, das aus Pappe zu sein schien. Gleichwohl hatte es den Jahren, den Kriegen und den Geschichten getrotzt, die durch es hindurchgezogen waren, und nicht zuletzt auch der Nachlässigkeit einer schlampigen Zeit, die viel Wert auf Schein legte und wenig auf Stabilität.

Strenggenommen war dieses Haus genau wie mein Vater: eine Verbindung, eine Lüge, ein magisches Gleichgewicht der Gegensätze, so dass man, wenn man es aufmerksam anschaute, es untersuchte, die rissigen Wände mit der Hand berührte und seinen Schimmelgeruch einsog, verstand, dass die tiefen Risse, die es durchzogen, seine Farbe, ein inzwischen verblichenes Rosa, die Holzwürmer, die in den Balken wohnten, und der Ruß, der die Küche beschmutzte, nichts anderes waren als die Fäden eines Stoffs, der nie verblassen würde, der nie tot oder vergangen sein würde, sondern die Zeit überdauern würde wie die Erinnerung, die ich noch immer suche und aufschreibe.

Er hielt mich, den Jungen, an der Hand und zeigte mir die Stelle, wo er viele Jahre lang geschlafen und wo er seine erste trickreiche Flucht unternommen hatte, indem er das Türschloss mit einem einfachen rostigen Nagel öffnete. Und dann, wo der Tisch stand und der Sessel meines Großvaters, des Capomastro, und die Ecke, in der er den Kasten mit dem Werkzeug aufbewahrte, mit dem er half, die Häuser des Dorfes zu bauen. Zentimeter um Zentimeter offenbarte er mir das Geheimnis dieses Hauses, das verlassen wirkte, doch angefüllt mit den Erinnerungen meines Vaters gleichwohl noch lebendig war. Er zeigte mir die Stelle, von der aus er jeden Abend, bis mein Großvater den letzten Ziegelstein gesetzt und die Fahne aus dem Verband des Stützbalkens gezogen hatte, die jeder gute Maurer zum Schutz und zum Segen seiner Arbeit anbrachte (bei ihm die rote der Sozialistischen Internationale), zunächst aus dem Bauch seiner Mutter heraus und später an ihre Brust geklammert die Hände des Capomastro beobachtet hatte, die Steine stapelten, Mörtel aufstrichen, Senkbleie spannten und Bretter aufstellten, die – wie er mir mit einem Lächeln im Mundwinkel erzählte – gebrannten Schlamm verwendeten, Holzstücke und Kieselsteine und noch anderen, auf den Feldern aufgelesenen Plunder, Sachen, die an sich hinfällig und dürftig waren, Firlefanz, wenn man wirklich einen stabilen Unterschlupf der Liebe für ihn und seine Mutter bauen wollte. Im Grunde, so gestand er mir mit einer brüchigen Stimme, die sein Lächeln Lügen strafte, war auch dies ein Weg, die Materie ordentlich zu verknüpfen, und zwar mit der gleichen Geschicklichkeit, mit der Mondo die Knotenklumpen gebunden hatte, die dem Meer widerstanden.

In dem verblassten Häuschen hatte ich das Gefühl, die Zeit, die noch immer lebendig in diesen Mauern hing, unter meinen Händen zu spüren und die Stimmen zu hören, die, wie Saft in den Baumstämmen, darin flossen. Wie jedesmal fragte ich und erhielt eine Antwort und wie jedesmal eine andere Antwort – die Stränge von so vielen Seilen, die er amüsiert zu seinen Knoten verknüpfte, um sie dann unversehens wieder aufzulösen wie im Spiel und mich erstaunt, verblüfft und mit der Frage zurückzulassen, ob das alles einen Sinn ergab.

So kann ich auch über den Tod des Capomastro eigentlich nichts Verlässliches sagen. Jede meiner Fragen zog verschwommene oder haargenaue Geschichten nach sich, bruchstückhafte oder ausführliche Auskünfte, die nie zusammenpassten und identisch waren. Bei meinem Bemühen um die Rekonstruktion einer zerfaserten und lächerlichen Erinnerung half mir auch meine Großmutter nicht weiter, verwirrt, wie sie war, von dem noch lebendigen Schmerz über einen Verlust, der sie nicht dazu ermunterte, an diese Ereignisse zurückzudenken, und auch von einem Nebel, den die Jahre über eine nunmehr allzu ferne Zeit gebreitet hatten.

Aus all den verschiedenen Versionen versuchte ich also, ein Konzentrat zu destillieren, das zumindest den Anschein von Wahrheit hat, die Plausibilität von Begebenheiten, die man, um sie zu verstehen, auf die Linie eines Vorher und eines Nachher bringen muss, eines Wie und eines Warum, die in den Erzählungen meiner Familie jedoch niemals Raum oder ernste Beachtung gefunden haben. Oft begann die Geschichte nämlich mit dem Ende, mit dem in Turin ins Grab gesenkten Capomastro. Dorthin hatte man ihn gebracht im letzten Versuch, eine Krankheit zu heilen, der niemand einen Namen zu geben vermochte. Auch vor dem Haus, wo der Familienmythologie zufolge die Verfehlung ihren Anfang genommen hatte, zeigte mir mein Vater, mich bei der Hand haltend und mindestens drei oder vier Einzelheiten ändernd, die Stelle, wo der Arbeiter heruntergefallen war, der dem Capomastro geholfen hatte, die Ziegel auf das Dach zu legen. Er zeigte mir mit ausgestrecktem Arm die – falsche – Richtung zum Krankenhaus, in die sein Vater gerannt war, und ahmte die mutige Geste nach, mit der dieser sich entschlossen hatte, sein Blut zur Rettung des Arbeiters zu spenden, um dann mit dem Fahrrad zu dem rosa Häuschen zurückzukehren, sieben Kilometer schwitzend in einem sommerlichen Platzregen, der ihm eine merkwürdige Krankheit eintrug.

Meine Großmutter stimmte zu, widersprach, erzählte von Fieberanfällen, die die Kehle und das Leben ihres Mannes ausgedörrt hatten, ließ die Verzweiflung angesichts der Trägheit der Ärzte wiederaufleben, die, genauso wie es in den Geschichten meines Vaters geschah, wenigstens sieben- oder achtmal die Diagnose der abscheulichen Schwäche änderten, die die Kraft des Capomastro auffraß.

Einige Jahre später, als ich schon fast erwachsen war, tauchte eine neue Version auf, der zufolge die Regierung die Ärzte angewiesen habe, sich nicht besonders für die Heilung eines subversiven Elements zu engagieren, das in dem Ruf stand, Sozialist zu sein, so dass meine Großmutter sich schließlich dazu durchrang, den Capomastro in die große Stadt im Norden zu bringen, in deren Nähe seit einigen Jahren seine Brüder, ihre zwei Schwäger, wohnten und wo er wenig später starb. Und wo er begraben liegt.

Die Heilanstalt war eine Art Leprakrankenhaus auf einem Hügel am Ufer des sich elegant dahinschlängelnden Po. Ich habe mir viel über das Schicksal meines Großvaters zusammenphantasiert, über diese Agonie, verursacht durch die heimtückische Anordnung, ihn zu töten, indem man sich einer Krankheit als Mörder bediente. Ich stellte mir seine Angst vor und seinen Heldenmut, und ich empfand die Wut über die große Ungerechtigkeit, dass ich nicht über die Würde einer eindeutigen, klar umrissenen und schriftlich niedergelegten Geschichte verfügte. Dann fasste ich eines Tages einen Entschluss. Ich entschloss mich, den Knoten zu lösen und der Rächer dieser beschmutzten Würde zu werden. Doch mein Entschluss war die unbesonnene Anwandlung eines Lehrlings, der sich mit den Feinheiten der Kunst der Illusion nicht auskannte, der also neben der Fähigkeit zu täuschen nicht auch das Geschick besaß, sich aus Fesseln und Handschellen zu befreien und wie ein Houdini zu entfliehen. Im Klinikregister fand sich der Name des Capomastro und daneben als Todesursache die bezeichnenden vier Buchstaben, die im Vergleich zu der von mir zusammenphantasierten Gestalt wenig heldenhaft waren: gestorben an Lues.

Angesichts meiner wütenden Beschwerden, meiner schlagenden Worte, die Rechenschaft für diesen Schwindel forderten, setzte mein Vater sein übliches Lächeln auf, zog mit wenigen Worten das Ende der Vertäuung auf, an die ich meine neue Gewissheit gebunden hatte, und fragte mich schlichtweg, ob ich denn dieser Eintragung Glauben schenkte.

Dann machte er eine unbestimmte Handbewegung und begann, eine Geschichte rings um die Mittel und Wege zu knüpfen, mit denen die Wahrheit ans Licht komme oder sich verstecke, darüber, wie es möglich sei, zu schreiben und zu erzählen, ohne irgend etwas zu sagen. Ich könne Wörter ausgraben, könne hören und fragen und schreiben, doch alles hänge ohnehin nur davon ab, wie man die Tauenden in der Hand halte, wie sich das Handgelenk bei der Verknüpfung drehe, hänge ab vom Zug und vom Zweck, und nichts von allem Schein müsse zwangsläufig wahr sein. Die Großzügigkeit des Capomastro – sagte er – sei es gewesen, die ihm das Blut verdorben habe, durch den Kontakt mit dem Blut des Arbeiters, den er habe retten wollen, ihn, der vom Bordell allerdings infiziert gewesen sei. Am Ende ging er mit einem Schulterzucken davon, und wie immer lächelte er, während er noch sagte, dass nichts von alldem wirklich wichtig sei.

In den Sterbepapieren meines Vaters, der auf dem Bocciaplatz zusammengebrochen war, sollte ein beflissener Arzt später den Fachausdruck für die Ursache seines Todes vermerken, ein paar Buchstaben, kalt und hart wie Marmor, etwas, was weder ein Lächeln noch das Schulterzukken enthielt, mit dem er sich stets über alles lustig gemacht hatte, keinen Händedruck und nicht den wahren Grund, weshalb sein Herz an jenem Tag beschlossen hatte, das Leben seinzulassen, und dass nichts mehr wirklich wichtig sei und es also Zeit sei, zu gehen, Zeit, aufzuhören und endlich keine Angst mehr zu haben. Da stand nichts von dem, was ich mit dieser Niederschrift zu erzählen versuche.

5

Die nachricht vom Tod des Capomastro kam, als meine Großmutter wie jeden Tag zur Nachlese hinter den Steinbruch gegangen war, zu den Maisfeldern des Grafen Trossi. Sie hatte das Leben ihres Mannes den Versprechungen ihrer Schwäger anvertraut und ihren Versicherungen, dass die Ärzte in der Stadt mit ihrer Wissenschaft ein besseres Heilmittel finden würden als die Umschläge, mit denen die Dorfquacksalber keinerlei Besserung erreicht hatten.

Sie war also in der Hoffnung aufs Feld gegangen, die Sorglosigkeit genießen zu können, die diese Arbeit ihr stets geschenkt hatte, doch als sie auf den Erdschollen umherstreifte und aufmerksam den Boden absuchte, befiel sie eine Schwermut, die sie nicht mehr abschütteln konnte. Sie spürte den Gestank des Zuges, in den sie einige Monate zuvor mit dem Schatten ihres Mannes eingestiegen war, um zu der Wissenschaft zu fahren, die ihn heilen sollte, roch seinen herben Atem; und die Anstrengung, mit der er einen Fuß vor den anderen setzte, war für sie wie ein Gewicht auch an den eigenen Füßen. Vor allem spürte sie den Geruch des Todes, der nun am Fleisch des Capomastro klebte, ihm die Haut austrocknete und sie mit einer Blässe überzog, die meine Großmutter noch bei dem bloßen Gedanken daran blendete. Die Arme, an denen sie sich in den Liebesstunden so oft festgehalten hatte, wirkten nun wie krumme, verdorrte Weintriebe, weshalb sie schon bei der leisesten Berührung fürchtete, sie wie Glas zu zerbrechen. So wie sein Körper mager geworden war, war sein Gemüt schroff geworden, und der elegante, fröhliche Mann, der der Capomastro stets gewesen war, hatte sich in eine Art mutloses Tier verwandelt, so dass meine Großmutter, wenn sie seinem Blick begegnete, einen schmerzhaften Stich spürte, einen tiefen Kummer darüber, dass die Augen ihres Mannes in den ihren verzweifelt und beinahe bettelnd nach einer Spur jener heiteren Gelassenheit suchten, die ihre gemeinsame Freude und Zuflucht gewesen war.

Und schließlich war sie nicht besonders überzeugt davon, die richtige Entscheidung getroffen zu haben, denn obwohl ihre Vernunft ihr einerseits die Richtigkeit der Ansichten ihrer Schwäger bestätigte, neigte sie doch mit jeder Faser ihres Körpers und mit ihrem Gefühl zum Gegenteil, zu der Vorstellung nämlich, dass ein Mensch genauso wie ein Baum oder eine Blume auf seinem Boden leben muss, auf einem vertrauten Stück Land, getränkt mit dem Wasser der Heimat und umhegt von seiner besonderen Sonne, vom Wind aus den Bergen, der sich in den Buchenwäldern vor dem Steinbruch verfing und dann gebändigt an dem rosa Häuschen ankam, dem er zärtlich Leben einhauchte.

Als sie aus dem Zug gestiegen war, verwirrt vom Lärm von Hunderten von Stimmen, die den Bahnhof in das Innere einer Trommel verwandelten, hatte sie gespürt, wie der Capomastro ihre Hand umklammerte, als wäre er ein Kind, das sich im unbekannten Durcheinander des ersten Schultags fürchtet verlorenzugehen, und das Lächeln, das er den wartenden Verwandten schenkte, schien ihr weniger ein Zeichen der Zuneigung und der Freude über das Wiedersehen zu sein als vielmehr eine Geste der Kapitulation.

In dem Auto, das sie ins Krankenhaus bringen sollte, sprang die Stadt sie an wie eine Ohrfeige, eine Masse aus trostlosen Farben, Geräuschen, Gerüchen, viel zu vielen

Häusern, die den Augen, den Ohren und der Nase keine Verschnaufpause gönnten. Wie sollte es dem Capomastro gelingen, in diesem Dickicht aus Stadtpalästen Luft zu schöpfen? Wie sollte er hier ein Stück des Horizonts sehen? Wo sollte er einen ruhigen Ort für seine wackligen Schritte finden? Und eine Wiese?

Die Eingangshalle des Krankenhauses war riesengroß und schmucklos, bis auf die Statuen, die an das Portal der Dorfkirche erinnerten, so dass meine Großmutter sich beim Eintreten bekreuzigte, und genauso wie bei der Messe wohnte sie dem Ritus, den der strenge Arzt am Körper ihres Mannes zelebrierte, schweigend bei. Sie sah, wie er den Capomastro anwies, sich auf eine Liege zu legen, sah, wie er seine Brust abklopfte und mit sonderbaren trichterförmigen Instrumenten seine Atmung abhorchte. Sie sah ihn lächeln, als er die Augen untersuchte, in denen sie in den Momenten der Liebe so gern versank, sah ihn bei einem Hustenanfall nicken, den Mund verziehen, als er einen Atemzug abhorchte, und schließlich hörte sie ihn, genau wie einen Priester am Altar, eine Art Predigt aufsagen, deren Sinn sie nicht ganz erfasste, nur soviel, dass die Krankheit ihres Mannes, wie sie ja bereits wusste, kompliziert und heikel sei, dass folglich weitere Untersuchungen nötig seien und er sofort eingewiesen werden müsse.

Als die Nachricht vom Tod des Capomastro kam, war mein Vater in seiner Balilla-Uniform gerade auf dem Weg zum faschistischen Samstagsappell. Wie meine Großmutter trug auch er die Last dieses kranken, fernen Vaters mit sich herum wie etwas Schwerverdauliches. Wie eine Gräte. Wie ein Bissen Brot, der ihm in den falschen Hals geraten war. Doch er war noch ein Kind, und sein leichtsinniges Gemüt des Illusionisten und Hallodris, der er schon war, beschäftigte ein anderer Gedanke, während er mit flinken Schritten zum Marktplatz strebte: der Verlust seines Fes, verschollen in irgendeinem Durcheinander, ein Vergehen, das ihm gewiss eine Strafe einbringen würde.

Für einen Moment schob er die Gedanken an den kranken Vater beiseite und widmete sich der Überlegung, wie er die Unannehmlichkeit eines wahrscheinlichen Arrests abwenden könnte, den der Truppführer mit Sicherheit über ihn verhängen würde. Eigentlich wäre das nun wirklich nichts Neues, denn fast jede Woche passierte es ihm, dass er für irgendeinen Fehltritt in den Abstellraum der Schule gesperrt wurde, der als – wenig abschreckende – Gefängniszelle diente. Er würde wie gewöhnlich etwa zehn Minuten warten und dann mit einem Draht das Schloss öffnen, um bis zum Ende des Appells frei herumzuspazieren, dann aber zurückkehren, um den Truppführern die Illusion zu lassen, ihn bestraft und ihm die Freiheit wiedergegeben zu haben, nachdem sie sie ihm genommen hatten, um aus diesem verträumten, respektlosen Jungen einen Mann formen zu können.

Als er auf dem Marktplatz ankam und den Truppführer auf sich zukommen sah, schlossen sich seine Finger fest um den Draht in seiner Tasche, und beim Gedanken, wieder einmal ungeschoren davonzukommen, lächelte er, doch die Heiterkeit, mit der er seinen Anführer empfing, erstarrte augenblicklich unter dem Faustschlag der Worte, die ihm den Tod des Capomastro mitteilten. So sah sich mein Vater zum erstenmal mit einem Thema konfrontiert, das er bis dahin nie ernsthaft beachtet hatte. Obwohl auch er den zunehmenden Verfall des Capomastro mit angesehen hatte, war die Gestalt seines Vaters in seiner Vorstellung stets intensiv mit der eines Erbauers verbunden gewesen, eines

Mannes, der die aufregende, großartige Fähigkeit besaß, auf einem leeren Platz etwas Festes und Dauerhaftes zu errichten. Das Nichts mit einem Zaumzeug aus Holz und Mauersteinen zu umschließen und in den Wänden Stromkabel und Rohrleitungen und andere nützliche Dinge zu verbergen, durch die dort, wo wenige Monate zuvor gar nichts gewesen war, nun etwas entstand, was Regen und Sonne aushielt, was Schutz und Behaglichkeit bot und wie eine Zauberkiste Geschichten, Tränen, Lächeln, Aufregungen, Tod und Geburt in sich barg.

Der Faschist hatte sich seinerseits bemüht, diesem Gespräch eine möglichst unpersönliche Note zu geben. Er kannte den Capomastro mit seinen sozialistischen Ideen, und auch gegen seinen Sohn, diesen stets leicht verträumten Jungen, hegte er eine gewisse Abneigung. Ja, er hatte sich geschworen, den liederlichen Charakter und das respektlose Benehmen zurechtzubiegen, das ein gewissenloser Vater ihm zweifellos anerzogen hatte. Während er mit entschlossenem Schritt auf den Balilla-Jungen zusteuerte, überlegte er, dass dieser Tod eigentlich auch sein Gutes hatte und man diesen unfähigen Jungen, jetzt, da er dem fraglos schädlichen Einfluss nicht länger unterlag, zu einem guten Faschisten trimmen könnte. Als er also vor meinem Vater ankam, baute er sich in der würdevollsten Pose vor ihm auf, die das Vorbild des Duce in den Wochenschauen und auf den Photographien hergab, und die Hände in die Hüften gestemmt, setzte er ihn mit bemüht fester Stimme in wenigen Worten vom Tod des Capomastro in Kenntnis.

Die Nachricht rief keine Regung in der Miene meines Vaters hervor, der starr dastand und weder ein Wort noch eine Träne verlor. Er sah dem Faschisten nur direkt in die Augen und behielt das Lächeln, das ihn bis zu diesem

Augenblick begleitet hatte, auf den Lippen, so dass der Mann plötzlich bezweifelte, dass der Junge ihn überhaupt verstanden hatte. Deshalb hielt er diesem Blick, der immer unangenehmer wurde, noch eine Weile stand.

Er konnte nicht wissen, dass die Augen meines Vaters in jenem Moment, genauso wie einige Kilometer entfernt auch meine Großmutter, auf der Suche nach einem Ort waren, wo man die Last eines gigantischen Knotens aus Verzweiflung und Liebe auflösen konnte, aus etwas Schwerbegreiflichem, das zugleich Gefühl und Ziegelsteine war, Erregung und Sandberge, Zärtlichkeiten und von der Arbeit gezeichnete Hände. Während der Faschist ihn forschend ansah, kämpfte mein Vater mit meterhohen Wellen und kreuzte gegen die gleichen Unwetter, denen Mondo hinter dem Kap der Guten Hoffnung, auf hoher See vor Malaysia und auch in Feuerland getrotzt hatte, wo er, wie es hieß, für immer im Eis verschollen war. Hinter der Barriere seiner Augen versuchte mein Vater instinktiv bereits, die Leinen seines Gefühls in Steks und halbe Schläge zu knüpfen, die die Angst in ihm vertäuen konnten.

Der Faschist begriff nichts davon. Er sah den starren Blick des Jungen und das seltsame Lächeln, das ihm unter diesen Umständen ein Mangel an Respekt zu sein schien. Er hatte ein Wort erwartet, eine Frage, vielleicht sogar eine Träne, egal, was, doch nicht dieses Schweigen, das ihn in eine vertrackte Lage brachte und ihm allmählich wie eine Provokation vorkam. Schließlich bemerkte er, dass auf dem Kopf meines Vaters der vorschriftsmäßige Fes fehlte. Laut erhob sich nun sein Gebrüll auf dem Marktplatz, das Gebrüll eines Truppführers, der in einer fehlenden Kopfbedeckung endlich seine Identität gefunden hatte, eine Befriedigung, die in dem Befehl zum Ausdruck kam, sich unverzüglich in den Raum zu begeben, den er in seiner Dünkelhaftigkeit als Arrestzelle bezeichnete, der jedoch beim besten Willen nicht mehr war als eine einfache Besenkammer.

An diesem Tag wartete mein Vater nicht einmal die üblichen zehn Minuten ab. Er harrte nur aus, bis das Weinen in seiner Kehle versiegt war, holte den Draht aus seiner Tasche und öffnete die Tür dieses lächerlichen Gefängnisses. Dann ging er über den Marktplatz, wobei er sich einen Dreck um die Schreie und Rufe scherte, bog in die Allee ein und stürmte zur Wiese hinter der Kirche, und bei jedem Schritt versuchte er, ein Stück des Capomastro aus sich herauszureißen, seinen Geruch auszulöschen, das Geräusch seiner Schritte wegzuschleudern, sein Lächeln auszubrennen, das Bild von ihm im Sessel zu zertrümmern und alles kurz und klein zu schlagen, was er ihm in all den Jahren erzählt hatte. Mit dem Erfindungsgeist, den er über seine Mutter von Mondo geerbt hatte, suchte er nach einer Möglichkeit, jede Erinnerung an seinen Vater mit einem malaysischen Knoten an einen Poller zu binden, mit zwei halben Schlägen, die sich im Nu lösen ließen, ohne jede Mühe, wie im Traum, so dass er sich endlich von einer Last befreit fühlen konnte, die er in diesem Ausmaß noch nicht kannte und die ihm mit jedem Meter seines Laufs unerträglicher wurde.

Als mein Vater also den Gutshof des Grafen Trossi erreichte und seine Mutter niedergebeugt sah, als läse sie die Erde, hatte er bereits verstanden, dass kein noch so schneller Lauf ihn von dem fortbringen konnte, was soeben sein Leben geprägt hatte, dass das Leben selbst ein Knäuel sein würde, das viel schwerer zu entwirren war als einer von Mondos Knoten, ein Schloss, viel komplizierter zu knakken als die, denen er schon mit einem einfachen Nagel beikommen konnte, und dass die einzige Hoffnung auf Flucht die Illusion sein würde.

An dem Tag, als die Nachricht vom Tod des Capomastro kam, suchte meine Großmutter in den Weiten der Felder hinter dem Steinbruch also weniger nach Ernteresten als vielmehr nach der Linderung eines unerträglich großen Leids. Obwohl das, was ihr der Arzt mit seinem Sermon eröffnet hatte, für sie unklar und rätselhaft geblieben war, hatte sie doch vollkommen begriffen, was das für eine Stadt war, eine Stadt wie ein Friedhof, mit einem Krankenhaus, das eine kalte, abweisende Kathedrale war, und mit einer Wissenschaft, die kein Herz hatte, sondern nur unverständliche Wörter, unfähig, das Wunder zu vollbringen, auf das sie bis dahin gewartet hatte. Sie brauchte bloß die in dem blendenden Weiß des Arztkittels reflektierte, unnatürliche Blässe des Capomastro zu sehen, um auch ohne Studium, Visiten und mysteriöse Rituale die Natur und die Bestimmung eines Lebens zu erkennen, das nun abgenutzter und morscher war als ein seit Jahrhunderten dem Regen ausgesetzter Balken.

So wusste sie schon Bescheid, als sie meinen Vater vom Ende der Straße her angerannt kommen sah, und mein Vater musste auch nicht viele Worte machen. Er stellte sich nur vor sie hin, suchte ihren Blick mit den Augen und hob langsam die Hände, und aus seinen Händen riss er sich eines nach dem anderen die Lebensstückchen des Capomastro, von denen er sich schon während seines Laufs hatte befreien wollen, und er ließ sie in den Korb fallen, in dem meine Großmutter die Erntereste gesammelt hatte. Dann ließ er endlich auch seinen Tränen freien Lauf, um all seine Angst darin zu ertränken.

6

Einige Jahre später sollte sich mein Vater angesichts der Arroganz eines französischen Hauptmanns wieder an die Zauberkunst erinnern, mit der er versucht hatte, seinen Schmerz und den meiner Großmutter auszutricksen. In Reih und Glied mit Hunderten seiner Kriegskameraden wartete er darauf, zu erfahren, wie sein Schicksal als Gefangener aussehen würde. Auf dem riesengroßen Kasernenhof, dem Appellplatz ähnlich, auf dem die Soldaten als junge Männer viele Samstage bei der vormilitärischen Ausbildung verbracht hatten, trafen sich ihre Blicke in einem eisigen Schweigen, das sich ein Duell mit der erstickenden Nachmittagshitze lieferte. Von Angst gekappte Blicke, nunmehr ohne den Übermut, mit dem sie diese Eroberung begonnen hatten. Die Gedanken, die in diesem Schweigen die Luft durchsetzten, waren bescheidene Hoffnungen und alles andere als heroische Anliegen. Eher die Sehnsucht nach Ruhe, nach der Heimat, nach einem duftenden Weißbrot und womöglich nach einem Bett in einem kühlen Winkel. Afrika war bisher vor allem Sand und Strapazen gewesen, ein unaufhörliches Marschieren nach Osten, um alles zu erobern, und ein überstürzter, ungeordneter Rückzug ins Nichts.

Von dem Hafen aus, in dem sie einige Wochen zuvor angelegt hatten, war ihnen dieser Kontinent noch wie ein geheimnisvolles Gelobtes Land erschienen, das die Erfüllung aller Träume bereithielt. Im Schutz des ruhigen Ankerplatzes war alles einfach, natürlich und unwiderstehlich gewesen, und dem ganzen Krieg zum Trotz erschien sogar der Ausgang der bevorstehenden Schlachten in einem friedlichen Licht und unbesiegbar und großartig die Waffen und Fahrzeuge, die sie in einem freundlichen Durcheinander von den Schiffen luden; und auch die Luft in diesen Breiten, die fremden Düfte, die sonderbare Architektur und die Farben summierten sich zu einem Ergebnis, das weitgehend der Bedeutung des Wortes exotisch entsprach.

An eine Wand des Schiffes gelehnt, hatte mein Vater den Schwindel jedoch bereits beim Einlaufen in den Hafen gewittert. Was für seine Kameraden die Landung einer unbesiegbaren Armee an einem Ort der Träume war, die Verheißung von Odalisken und Glück, der rechtmäßige Lohn für die Tapferkeit eines kriegerischen Volkes, kam ihm nur wie eine Theaterkulisse aus Pappmaché vor. Er ließ sich weder von den Düften noch von dem ungewohnten Sonnenlicht beirren und auch von dem Durcheinander dieses Getümmels nicht. Die Augen zum Schutz vor dem Zigarettenrauch zusammenkneifend, durchschaute mein Vater zwischen zwei Zügen an einer *Macedonia* die Falschheit dieser großangelegten Farce, das Ablenkungsmanöver mit dieser Kulisse aus Farben, Düften und Geräuschen im Gegensatz zu der Unbarmherzigkeit von Wüste und Krieg, die hinter der zu ihrer Täuschung gemalten Szenerie auf sie wartete.

Doch wie jeder Zauberkünstler verriet er niemandem, wie der Bluff funktionierte, sondern fuhr fort, das Interesse und die Aufmerksamkeit seiner jungen Landsleute auf sich zu ziehen, die, an einen von Bergen verstellten Horizont gewöhnt, seine Worte benommen aufsogen wie frisches Wasser, eine Erholung von der Sonne. Frieden. In den wenigen Stunden, die ihnen vor dem Ende vergönnt waren, hatte er sie überredet, auf Entdeckungstour durch diesen

Teil der Welt zu gehen, dessen Sitten und Gebräuche so anders waren als in ihrem kleinen Dorf am Fuß der Alpen, und wie kleine Schuljungen auf einem Ausflug hatte er sie durch das Gewirr der Gassen geführt, wo sie Ort und Zeit durcheinanderbrachten.

Das stechende Licht und die Milde eines Klimas, das sie auch nachts wie in Wolle hüllte, irritierte sie, und die Gassen und die eingefallenen Gesichter der vor den Häusern sitzenden Alten, die den Gassen und den Gesichtern in ihren kleinen Dörfern zum Verwechseln ähnlich sahen, flößte ihnen eine unerträgliche Schwermut ein. Wie durch Zauberei erblickten ihre Augen nicht mehr die fremden Farben, die kalkweißen Hauswände und die langen Kaftane, die die Körper verhüllten, sondern alles war wieder Stein und Stallgeruch und Heu und schwere Manchesterhosen.

Mein Vater musste die Halluzination behutsam und liebevoll durchbrechen und redete diesen verlorenen Geschöpfen lächelnd zu, wie man Kindern zuredet, die einen märchenhaften Ort nur widerwillig verlassen. Diese jungen Männer, diese als Soldaten verkleideten Burschen, die nie über den versperrten Horizont ihrer Ebenen hinausgekommen waren, schienen im Schutz der schmalen Sträßchen ein Mittel gegen die Angst vor der Fremde gefunden zu haben, gegen die Bestürzung über zuviel Neues, gegen die Ausdehnung der Zeit, die jeden anmaßenden Eroberungswunsch unversehens zunichte gemacht hatte und ihn allmählich durch einen Überzug aus Melancholie, Heimweh und bitterer Orientierungslosigkeit ersetzte.

Mit seinem magischen Gespür hatte mein Vater ihre Unruhe gewittert und für einen kurzen Augenblick ernsthaft über die Möglichkeit einer Flucht aus dieser Tragödie nachgedacht, die hinter der von Exotik und Sonne gemalten Kulisse schon bald Wirklichkeit werden sollte. Doch gerade weil er ein Zauberkünstler war, wusste er auch, dass die Flucht eine komplizierte Kunst ist und man sich, wenn man der Täuschung mit einer Täuschung begegnen will, von den Einflüsterungen des Herzens fernhalten muss, dass man kaltblütig sein muss, um das Leben lieben und es mit dem Versuch bewahren zu können, den Tod mit einem Trick abzulenken. Angesichts der Naivität seiner Gefährten empfand er Sympathie und Mitleid, und erneut nahm er sich ihrer an, um sie zu dem Schauspiel zu führen, für das sie nun als Statisten engagiert waren.

Unter dem Schutz seiner Worte nahm er sie mit und hielt sie zusammen wie ein Hund eine Herde, wobei er lachte und sang, anstatt zu bellen, und dank dieser Fröhlichkeit brachte er sie von der Verzauberung ab, die sie, begünstigt durch diesen exotischen Ort und ihre Jugend, überwältigt hätte. Teresio Bicocca, der Kuhhirt, Toni Grosso, der Bauer, und vor allem Marione, der Bäckerssohn, die verloren in unbekannten Wellen trieben, entflohen diesem ersten Blendwerk Afrikas und klammerten sich an meinen Vater wie Schiffbrüchige an ein Treibgut, und so miteinander verbunden tauchten sie in der Dimension einer Gegenwart wieder auf, die mein Vater ihnen näherzubringen versuchte.

Von nun an bildeten die drei eine Gruppe, wie ein Mann. Durch jene Erfahrung gefestigt, die sie geblendet hatte, rückten sie eng zusammen und schauten auf meinen Vater wie auf ein Licht, wie auf eine Stimme, in der sie stets Vertrautheit, Schutz und Mut finden würden. In seinen sinnlosen Geschichten sollten sie Ruhe für ihre vom Marschieren lahmen Beine finden, und seine Stimme, die romantische Lieder zum Himmel schrie und so die Einschläge der Granaten übertönte, sollte ihr Heilmittel gegen die Angst und gegen das schreckliche Gefühl sein, mitten im Sturm in einem Ruderboot zu sitzen, dem Wind schutzlos ausgeliefert wie Strohhalme. Nichts weiter als Kanonenfutter.

Und auch an dem Tag auf dem riesigen Kasernenhof suchten sie in den Augen meines Vaters einen festen Halt für die Angst und für ein Wissen, das ihnen Schauer des Entsetzens über den Rücken trieb, das Wissen nämlich, dass sie das Ziel der erbarmungslosen Rache eines feindlichen Volkes waren, eines Hauptmanns, der sie nun verächtlich musterte. Unter der Nase trug er einen akribisch gepflegten Schnauzbart und unter dem Arm eine Reitpeitsche, die ebenso wie der Bart nichts Gutes verhieß. Mit lauter Stimme, die auf dem weiten Platz wie ein Donnerschlag dröhnte, fragte der Offizier den Soldaten an der Spitze des Zuges, ob er Faschist sei. Nach der bejahenden Antwort hob er die Peitsche und ließ sie brutal auf die Wange des Soldaten niedergehen, wobei er brüllte, dies sei der Lohn für einen dreckigen Verräter.

Dann baute er sich vor dem zweiten Gefangenen auf und wiederholte seine Frage. Der Junge zögerte einen Augenblick, wahrscheinlich sah er die eben erlebte Szene noch einmal vor sich und spürte schon das Brennen der Peitsche auf dem Gesicht. Er nahm also allen Mut zusammen und verneinte. Er fing eine Ohrfeige und kurz darauf einen widerlichen Speichelbatzen, während ihn der Franzose abschätzig als Feigling und elenden Wicht titulierte. Die Szene wiederholte sich wie in einem endlosen Alptraum bei Dutzenden und Aberdutzenden Soldaten, die auf diese Weise geschlagen, verhöhnt, für die Tränen der

Wut oder des Schmerzes verspottet und für den Versuch, sich den ekelhaften Auswurf abzuwischen, gerügt und bestraft wurden.

Mein Vater stand als einer der letzten zwischen den anderen in der Reihe und sah von seinem Platz aus dieses schäbige Schauspiel voller Demütigungen, Gewalt und Gemeinheit, die Menschen zugefügt wurde, mit denen er Märsche unter der Sonne erlebt hatte, Regen und Nächte voller Angst und Erstaunen unter einem sternenübersäten Himmel. Gesichter, auf denen er Anstrengung und Entsetzen gesehen hatte, Wut und Tränen und alles, was Menschen, selbst wenn sie sich nicht kennen, in Not und Hoffnung brüderlich zusammenschweißt.

So spürte mein Vater bei jedem Schrei, bei jeder Ohrfeige und bei jedem Spucken, wie in ihm eine Last wuchs, die weder Wut noch Rachedurst war, sondern ein von tiefem Schmerz durchzogenes Gefühl, verursacht durch etwas, wovor er gern geflohen wäre, nicht aus Feigheit, vielmehr aus Unbehagen und vielleicht Entsetzen. Diese Last wurde größer, irritierte ihn und machte seine angeborene Fähigkeit zunichte, Strategien einzufädeln, mit denen er Angst und Gefahr austricksen konnte, und gern hätte er sich davon befreit, genau wie damals, als die Nachricht vom Tod des Capomastro gekommen war, hätte sie gern weit von sich geschleudert, in tausend Stücke geschlagen und aus seinen Taschen und aus seinem Innersten gezerrt, um sich endlich leichter zu fühlen.

Währenddessen sah er wieder meine Großmutter vor sich, niedergebeugt auf dem Feld des Grafen Trossi, in der gleichen Haltung, in der sein Gedächtnis sie photographiert hatte, als er herbeigelaufen war, um ihr die Nachricht vom Tod ihres Mannes zu überbringen. Vielleicht spielte ihm die Müdigkeit einen Streich, vielleicht zauberten die Reflexe der unbarmherzigen Sonne eine Fata Morgana, oder vielleicht wurde ihm durch die Nabelschnur, die eine Mutter nie durchtrennt, auch nach Jahren nicht, einfach Mondos Erfindungsgeist eingegeben, die Liebe zu den Knoten und zur Illusion, mit der sie meinen Vater in sich hatte heranwachsen lassen.

Jedenfalls sah mein Vater weder den Schnauzbart noch die Peitsche des Franzosen. Er sah seine Mutter, die sich aufrichtete und sich ihm zuwandte, und wie damals spürte er einem Dolchstoß gleich die zwingende Notwendigkeit, wieder unbeschwert zu werden. Also sprach er mit der ihm eigenen Verführungskunst und Scharlatanerie mit ihr, so wie an dem Tag, als er den Tod entdeckt und sich von dieser Last befreit hatte. Er sprach mit ihr und sah ihr in die Augen, und wie damals zogen seine Hände die Bürde, die seine Seele bedrückte, aus ihm heraus: das Blut, das Krachen der Granaten, den Gestank der Exkremente und verfaulten Wunden, die Schreie der Verwundeten, die gläsernen Blicke der Sterbenden, das Knacken der von der kalten Wüstennacht gesprengten Steine und den entsetzlichen und wunderbaren Geschmack eines siedendheißen Wassertropfens aus einer Feldflasche. Und in dem Maße, wie die Teile dieser Bürde von ihm abfielen und sich in der unermeßlichen Weite des Hofs verloren, trat an die Stelle der bisherigen Last das Sehnen, das er gespürt hatte, als die Liebe seiner Eltern ihn gezeugt hatte, und setzte ihn dem gleichen Hunger aus, der ihn im Bauch seiner Mutter genötigt hatte, sich zu ernähren.

So begann mein Vater, von Brot zu träumen: Auf jenem Hof, der zu einem Alptraum gehörte, löste er das bedrükkende Gewicht in der Sehnsucht nach einem Duft auf, in der Sehnsucht nach einer warmen, knusprigen Kruste und nach der Brotkrume, weiß und weich wie ein Busen, und er badete in dem Aroma von ofenfrischen Brotlaiben, das ihn nun umfing.

Als der Hauptmann bei ihm ankam, setzte er zur Wiederholung seiner üblichen Frage an. Er starrte dem Gefangenen in die Augen, bereit, ihm mit der Peitsche ins Gesicht zu schlagen oder ihn mit einem Batzen Spucke zu demütigen, wurde jedoch plötzlich von einer starken Sehnsucht übermannt, von einer Betroffenheit, die ihm die Kehle zuschnürte und ihm den Atem nahm. Er spürte eine schreckliche Last in sich wachsen, eine Bürde aus Sand, aus Orten, die er nicht liebte, aus Schweiß und aus Sonne, aus Wut, aus dem Liebreiz der bretonischen Küste, an der er geboren war, aus den Umrissen seines Elternhauses und aus dem Gesicht seiner Mutter, an das er sich fast nicht mehr erinnerte.

Von diesem Gewicht niedergedrückt, schaute der Hauptmann in die Runde, sah den weiten Hof voller Gefangener in Reih und Glied und spürte mit der gleichen Beklemmung, die auch seine Gedanken beherrschte, wie eine grenzenlose Mattigkeit den Arm befiel, mit dem er bis dahin seinen Hass und seine Rache demonstriert hatte. Plötzlich sah er sich selbst vor diesen Hunderten von gleichaussehenden, fremden Gesichtern stehen wie eine mechanische Marionette, bereit, für immer und ewig dieselbe Frage zu brüllen, zu schlagen und zu spucken, sah sich höhnisch über etwas oder jemanden grinsen, der nun verschwommen und weit entfernt von ihm schien.

Er sah sich reglos vor den Augen eines Burschen stehen, die ihn anstarrten, sah einen sich bewegenden Mund, ohne dass er die ihm entströmenden Töne verstehen oder unterscheiden konnte, und unter dem Einfluss eines angenehmen Schwindelgefühls kam es ihm so vor, als wäre der Körper ihm gegenüber sein eigenes Spiegelbild, etwas, was aus der gleichen Niedergeschlagenheit und aus der gleichen Last bestand, die auch ihn bedrückte. Da erschien ihm das alles absurd, kindisch, und er fühlte sich wie ein Werkzeug in einem Spiel, dessen Sinn ihm nicht mehr einfiel, wie ein Schauspieler, der sich plötzlich mitten auf der Bühne wiederfand, ohne sich an seine Rolle zu erinnern. Er spürte den vehementen Drang zu fliehen, irgendwohin, Hauptsache, weit weg von diesem Hof, von diesen unbekannten Gesichtern, von diesem Gefühl, das ihm die Kehle zuschnürte.

Gerade als er sich schon umdrehen und davonlaufen wollte, bemerkte der Hauptmann den Duft von Brot, einen unwiderstehlichen Backofenduft, der ihn zurückhielt und ihn wieder atmen ließ. Das Aroma drang in seinen Körper wie eine wunderschöne Musik, die Frohsinn und Lust zum Singen hervorrief, die mütterlich schützte und streichelte. Wie etwas Lebendiges.

Durch diesen Duft aufgeweckt, erinnerte sich der Offizier an die Verantwortung, die man ihm für jenen Tag übertragen hatte, an die Notwendigkeit, die Gefangenschaft so vieler Männer zu organisieren, ihnen einen Schlafplatz, zu trinken und zu essen zu geben – Bedürfnisse, die er nun, nachdem er bereits zuviel Zeit darauf verwendet hatte, seine Wut abzureagieren, dringend erfüllen musste.

Anstatt die Frage zu stellen, mit der er bisher die Erniedrigung der Soldaten gerechtfertigt hatte, erkundigte sich der Hauptmann, von einem unwiderstehlichen Appetit auf Brot übermannt, während er meinem Vater unentwegt in die Augen schaute, ob dieser Brot backen könne oder ob er unter seinen Kameraden jemanden kenne, der fähig sei, morgens und abends zu backen.

Da schwor mein Vater lächelnd, schon immer ein guter Bäcker gewesen zu sein.

7

Zum erstenmal fuhr mein Vater mit dem Zug, als er Abschied vom toten Capomastro nehmen musste. Er und meine Großmutter waren wortlos vom Maisfeld des Grafen Trossi zu dem rosa Häuschen zurückgekehrt, das ihnen an jenem Tag ungewöhnlich leer und groß vorgekommen war. Die wenigen hundert Meter dieses Weges waren für ihn im Grunde die schmale Grenze des Übergangs vom Kind zum Mann. Angesichts des Schweigens seiner Mutter und der Leere, die er in sich fühlte, begann er, dem Geschmack eines neuen Zustands, eines Fehlens nachzuspüren, der, obwohl noch sehr neu und überraschend, bereits anfing, seine kindliche Sorglosigkeit anzunagen und zu zersetzen.

Als er so neben meiner Großmutter herging, wünschte er sich, Mondo zu sein und dessen legendäre Fähigkeit zu besitzen, Leinen und Schicksale zu kreuzen, und den Mut zu haben, furchtlos hinauszufahren, Meer und Wellen, endlosen Seemeilen, Flauten und Stürmen zu trotzen, allem, was geeignet war, die Lücke zu füllen, die der Tod des Capomastro in ihm gerissen hatte, und die Last des Kummers von ihm zu nehmen. Doch während ein Teil von ihm über diese Flucht nachdachte, spürte er im Kontakt seiner Füße mit dem Boden noch ein tiefgründigeres Argument, dasselbe, das er in dem vertrauten Geruch des Waldes wahrnahm, in den fernen Umrissen des Steinbruchs und in seinem Atem, der seine Schritte wie ein Metronom begleitete.

So wie die Fliehkraft der Sehnsucht seinen Horizont und das Ausmaß seines Atems erweiterte, schienen ihm auch die Stabilität der Materie, der Rhythmus des Gehens, der Wind und die Luft ein Stoff zu sein, in dem man seine Träume verankern konnte. Auf diesem Weg über wenige Dutzend Meter vom Jetzt zum Anderswo erkannte mein Vater, dass jede gute Illusion Realität brauchte. Je näher ihn seine Schritte zu seinem Heim brachten, um so mehr ließ seine Bestürzung nach, und die Leere, mit der er versucht hatte, sich von seinem Schmerz zu befreien, füllte sich mit einer neuen Kraft, mit dem geheimen Wunsch, diesen Weg fortzusetzen, sich ihm jeden Morgen zu stellen mit Vergnügen und Heiterkeit, mit der Zauberkunst Mondos und der Beständigkeit seines Vaters. Mit dem Wunsch, Illusionen hervorzurufen, und mit dem Wunsch, etwas aufzubauen.

Im Herzen meiner Großmutter wuchs dagegen die Last einer unermesslichen Traurigkeit, und je näher das rosa Häuschen kam, um so stärker empfand sie den endgültigen und unwiderruflichen Verlust des Reiches, in dem sie den Trost von Phantasie und Traum hatte finden können. Jeder Schritt gab ihr das Gefühl, in die Vergangenheit zurückzukehren, in die Zeit, als nur die Stunden der Ährenlese ihr Aufmunterung und eine Flucht aus der harten Realität ermöglicht hatten.

Wie ein Knäuel aus unlösbaren Knoten ballten sich nun neben diesem Gefühl unzählige Schwierigkeiten, die sie nicht ordnen konnte und die sie aus dem Wirrwarr hervorschauen sah, ohne deren Anfang oder Ende zu finden. Sie sah, wie sich die Einsamkeit mit Geldsorgen verknüpfte, sah die Zukunft ihres nun verwaisten Sohnes und die Leere des rosa Häuschens, die endlosen Weiten der Felder rings um den Steinbruch und das Grab ihres Mannes, die Eiseskälte Turins und die Gesichter der Schwäger. Während also meinem Vater neben ihr eine neue Kraft aus Heiterkeit und Beständigkeit wuchs, lud meine Großmutter eine Last auf sich, die ihr Leben von jenem Tag an schwerer machte und ihr Äußeres wie auch ihr Gemüt veränderte.

So kam es, dass ihr Körper, der eigentlich der einer jungen Frau war, bei ihrer Ankunft an dem Häuschen bereits die leicht gekrümmte, müde Haltung angenommen hatte, die sie zeit ihres Lebens nicht mehr ablegen sollte, und in ihrer Miene, in der geschwungenen Linie ihres Mundes und in ihren Augen ein trauriger Zug auftauchte, der für immer ihre Resignation kennzeichnete.

An jenem Tag ließ sich meine Großmutter nach ihrer Rückkehr von den Feldern des Grafen Trossi also auf die Bank vor dem Häuschen fallen, als hätte sie statt der wenigen hundert Meter eine lange, beschwerliche Reise hinter sich. Sie hatte das zu entwirrende Knäuel aus Schwierigkeiten vor Augen und widmete sich dieser Arbeit, doch obwohl sie schon als kleines Mädchen von der Magie der Knoten fasziniert gewesen war, erwies sich diese Faszination, abgesehen von dem Vergnügen, sich dem Reiz der Verknüpfungen hinzugeben, für sie nie als nützlich, wenn es galt, einen Wirrwarr aufzulösen. So zeigte sich auch in dieser Bedrängnis, dass die anzupackenden Unwägbarkeiten zu einer Komplexität verknotet waren, die sie nicht begreifen konnte, die sie vielmehr erschütterte und zum Aufgeben veranlasste.

Daher musste mein Vater diese Verantwortung übernehmen, gestärkt durch die Fähigkeiten, die seine Mutter in den Monaten der Schwangerschaft an ihn weitergegeben hatte. Er war es, der, obwohl nur ein kleiner Junge, sich der bestürzten Frau annahm und sich um sie kümmerte, wie ein Blumenzüchter sich um den Trieb einer Rose gekümmert hätte, er richtete sie behutsam auf, indem er sie mit Worten wiegte, und dämmte mit Geduld und Heiterkeit ihre Resignation ein, während er sie mit Zärtlichkeiten, kleinen Streichen und verrückten Einfällen beruhigte, die seine Phantasie und der Wunsch, nicht unterzugehen, seinem Herzen einflüsterten. Leise sang er ihr die Lieder vor, mit denen sie sich bei der Ährenlese so gern die Zeit vertrieb, nahm sie sanft bei der Hand, wie er es an den Tagen, wenn Dorfball war, beim Capomastro gesehen hatte, und bat sie, aufzustehen und ihn bei diesen fröhlichen Melodien in das Geheimnis der Tanzschritte einzuweihen.

Auf diese absonderliche und liebevolle Art milderte mein Vater damals die Resignation meiner Großmutter, bis der Gemeindediener mit dem Telegramm von Onkel Tonio kam. Da brach das Bild des Capomastro, in einer Holzkiste verschlossen und in die Grenzen einer grauen, kalten Stadt gesperrt, wieder in die Räume des rosa Häuschens ein. Meinem Vater kam nun also auch die Aufgabe zu, so gut es ging jene beschwerliche Pflicht in etwas zu verwandeln, was geeignet war, den positiven, starken Geist zu erhalten, mit dem der Capomastro stets auf ihn gewirkt hatte. Während also meine Großmutter die nötigen Vorbereitungen für den Aufenthalt in Turin traf, ging er in die Ecke, in der der Capomastro sein Werkzeug aufbewahrt hatte, und stellte ein höchst sonderbares Gepäck für ihn zusammen: Er packte eine Lotschnur und eine Maurerkelle ein, eine Handvoll pulvrigen Feinzement, einen kleinen Holzhammer, eine Eisenraspel und einen Schraubenzieher. Dann verließ er das Haus, lief zu der Baustelle, auf der der Capomastro zuletzt gearbeitet hatte, und füllte in ein Kästchen ein wenig von dem Sand, auf dem sein Vater und seine Mutter Stunden der Liebe verbracht hatten. Er fügte noch ein Dutzend lange Nägel dazu, Sägemehl, eine Hanfseilquaste und eine Zange. Schließlich packte er alles in die Ledertasche, mit der sein Vater jeden Morgen zur Arbeit gegangen war, und bevor er die Schnallen schloss, beugte er sich über die Dose mit dem Zement und ließ den größten Speichelflatschen hineinfallen, den er in seinem Mund ansammeln konnte, denn wie er vom Capomastro wusste, wäscht sich ein guter Maurer vor jeder Arbeit mit seiner Spucke die Hände.

Der lange Zug, der sie nach Turin bringen sollte, erschien meinem Vater dann auf dem Bahnhof wie ein geheimnisvoller, schnaubender Mechanismus. Voller Neugier stieg er zum erstenmal in einen Eisenbahnwagen und ließ sich mit dem gleichen Vergnügen vom Geschaukel des Waggons davontragen, wie wenn ihn die Arme seiner Mutter gewiegt hätten. Benommen vom Menschengewühl und vom Rattern des Zuges, überließ er sich gern diesem Schwanken, um später, nach seinem Erwachen, verblüfft den ständigen Wechsel der vor dem Fenster vorbeifliegenden Landschaft zu betrachten, all der Straßen, Felder und Häuser, die wer weiß was für Geschichten und Ereignisse bargen, nur kurz berührt vom schnellen Vorbeifahren des Zuges.

Während ihr Sohn neben ihr all die Neuigkeiten bestaunte, war meiner Großmutter, als erlebte sie mit dieser Reise noch einmal den Alptraum jener anderen Reise, als sie den Capomastro zu einer Hoffnung begleitet hatte, die sich als reine Illusion erwiesen hatte. In der schlechten Luft des Waggons, in dem unaufhörlichen Geratter, in den Bildern, die an den Fenstern vorbeisausten, begegneten ihr noch einmal die Leichenblässe ihres Mannes, sein stechender Atem und die Eiseskälte seiner nunmehr kraftlosen Hände, derselben Hände, in deren verzweifeltem Druck sie Traurigkeit und Angst gespürt hatte.

Als sie aus dem Zug stieg und auf ihren wartenden Schwager zuging, fühlte sich meine Großmutter genauso benommen wie ihr Mann am Tag seiner Ankunft wenige Monate zuvor, und so umklammerte sie die Hand meines Vaters, und das Lächeln, mit dem sie den wartenden Tonio begrüßte, war weniger ein Beweis der Zuneigung und Höflichkeit, als vielmehr das deutliche Zeichen einer Kapitulation.

Onkel Tonio empfing die beiden mit einer Fröhlichkeit und Liebenswürdigkeit, die ihnen aufgesetzt und unangebracht erschien. Mit seinem jovialen, extrovertierten Wesen war er ein typischer Opportunist, fähig, Sympathie und Heiterkeit zu nutzen, um Begleitumstände, Dinge und Menschen nach seinen Wünschen zurechtzubiegen. Während er auf den Zug gewartet hatte, war er in Gedanken immer wieder alles durchgegangen, was er in den letzten Monaten mit der Krankheit seines Bruders, dessen Behandlungen und schließlich dessen Tod hatte auf sich nehmen müssen.

Er hatte die Ereignisse aneinandergereiht und die Opfer und Mühen zusammengezählt, mit denen er und sein älterer Bruder Attilio sich hatten belasten müssen, um einen Ausweg aus der hoffnungslosen Situation eines schwerkranken Mannes, seiner weit entfernten Familie und eines unerklärlichen Leidens zu finden. Dann war der Tod dazwischengekommen, und wie seit eh und je, dachte Tonio, konnte der Mensch gegen den Tod nichts ausrichten. Also musste man die Dinge nun noch einmal überdenken und neue Entscheidungen treffen, die man natürlich nicht dieser Frau überlassen durfte, dieser Witwe, die zwar noch jung war, doch schon aussah wie eine von den Jahren gebeugte Greisin; und dann war da noch dieser Junge, sein erster Neffe, dem man eine Ausbildung, eine Arbeit und eine Zukunft verschaffen musste.

So ging Tonio auf dem Bahnsteig mit einem breiten Lächeln auf seine Schwägerin zu und rechnete im stillen die aufgewendeten Kosten für Ärzte, Krankenhaus und eine anständige Bestattung seines Bruders durch, und während er ihr das Gepäck abnahm und mit der Hand liebevoll über den Kopf seines Neffen strich, dachte er an das Gespräch, das er noch mit Attilio führen musste, um ihn von seinen Plänen zu überzeugen: nämlich umgehend eine Inventur des Maurerbetriebs durchzuführen, um die Forderungen auszugleichen und einzutreiben, die sie gegen ihre Schwägerin geltend machen konnten, und am Ende wohl auch das rosa Häuschen zu verkaufen und sie zu überreden, ihr Dorf für immer zu verlassen, um bei ihnen, in dem kleinen Ort am Rand der Alpen, zu wohnen und ihr Kapital in das Unternehmen zu stecken, das er und Attilio schon vor einer Weile eröffnet hatten.

Attilio war es, den es als ersten aus der Familie in diese Gegend verschlagen hatte, als er im Ersten Weltkrieg auf einen Schießplatz geschickt wurde, um Geschütze zu testen. Während des ganzen Krieges musste er in der Ebene, die sich am Fuß der Berge erstreckte, Haubitzen und Sprengstoff ausprobieren, wobei keine anderen Opfer zu beklagen waren als ein paar Dutzend Buchen, einige unglückliche Hasen und diverse Pilze.

In dieser Stellung in der Etappe bot sich für Attilio keine Gelegenheit, siegreiche Eroberungen zu machen, ausgenommen das Herz von Marianna, der Tochter des Gastwirts aus der Kneipe, in der er und seine Kameraden für gewöhnlich die Zeit ihres Ausgangs bei einigen Gläsern gutem Wein mit Geplauder und der einen oder anderen Kartenrunde verbrachten.

Attilio war ein aufrechter Mann und ein radikaler Sozialist, was ihm an dem Brennofen, an dem er schon als Junge gearbeitet hatte, nicht wenige Schwierigkeiten eingebracht hatte. Gestärkt durch seine Ideale, durch die Überzeugung, dass die Würde eines Arbeiters in seiner Arbeit liege und in der Fähigkeit, Unterdrückung und Unwissenheit zu überwinden, hatte er sich als Autodidakt einige Kenntnisse angeeignet und eine Anzahl guter Bücher gelesen, doch auch die Unterhaltungsromane des neunzehnten Jahrhunderts nicht verschmäht, ein literarisches Universum, von dem er nichts nach außen preisgab und in dem er sich in seiner Phantasie gern als ein Held sah, der seinen Traum von sozialer Gerechtigkeit mit dem Traum von Reisen und Abenteuern verbinden konnte.

Und obwohl seine Entsendung in diese Gegend ihm als die Gelegenheit erschienen war, diese Träume im wahren Leben, in der täglichen Praxis, zu verwirklichen, hatte seine Aufgabe als Testfeuerwerker keinerlei Raum für eine wie auch immer geartete Entdeckung oder Heldenhaftigkeit gelassen und seine Abenteuerseele in eine langweilige Routine fernab von jeder kriegerischen Abwechslung verbannt, in eine langsame, gleichförmige Zeit, die sich rasch als alltägliche Last erwies.

Tag für Tag dachte Attilio nun an die Orte in seinem Dorf zurück, an die Konturen der Kalkberge hinter dem Steinbruch, an die Zypressenreihen und an die sanfte Linie des Horizonts, eine Erinnerung, die ihn so schwermütig machte, das er sie nur dank der Glut des Weins ertrug. Sein Heimweh war um so schlimmer, als er die Mundart dieses Landstrichs nicht im geringsten verstand und er sich aus dem Leben derer ausgeschlossen fühlte, die nicht wie er Soldat waren. Die meisten Dorfbewohner sprachen einen starken Dialekt, der jede Kommunikation unmöglich machte, die über das hinausging, was nötig war, um ein Getränk oder ein Essen zu bestellen.

Vom Wein entfacht, beherrschte ihn die Melancholie an vielen Abenden so vollkommen und heftig, dass es ihn verstörte: Er, der eisenhart und imstande sein wollte, jeder Gefahr zu trotzen, fühlte sich statt dessen fremd und verloren, nach Verständnis und nach etwas dürstend, was ihn in eine vertraute Dimension zurückführte.

Statt der hastigen Liebkosungen der Freudenmädchen, die sich der Truppe annahmen, wünschte Attilio sich eine echte Umarmung, jene Wärme, die ihm nach seinem Dafürhalten nur die Erde und die Liebe geben konnten und die nun lediglich durch die hitzige, flüchtige Umarmung des Weins ersetzt wurde, der einzigen Medizin, die ihm ein paar Augenblicke der Illusion und der Unerschrockenheit schenkte.

Zweifellos gab ihm diese Medizin eines Abends die Kraft, zu Marianna zu gehen und ihr zu sagen, dass ihre Brüste ihn an den Liebreiz seines fernen Heimatdorfes erinnerten und die Kurven ihres Körpers nichts anderes seien als die Umrisse der Berge hinter dem Steinbruch, eine Kreidehülle, so warm wie eine mütterliche Umarmung.

Marianna konnte diese Worte in einer Sprache, an die sie nicht gewöhnt war, nicht ganz verstehen, ahnte jedoch ihren Sinn und merkte, wie sie errötete. Sie war ein junges, frommes Mädchen, das eifrig in die Kirche ging, wo sie für gewöhnlich in der Messe sang und mit ihrer kristallklaren Stimme an der Spitze von Prozessionen und Trauerzügen psalmodierte, daher bekreuzigte sie sich und überlegte sogleich, dass das, was sie den eleganten Worten dieses gutaussehenden Soldaten entnommen hatte, bei der Beichte wieder in Ordnung gebracht werden musste.

Allerdings hatte noch nie jemand, nicht einmal in weinseliger Laune, so zärtlich mit ihr gesprochen, mit nur mühsam zurückgehaltenen Tränen in den Augen, und zudem gefiel ihr dieser große Bursche, der so vornehm wirkte, weshalb sie seine Hand ergriff und ihn zur Tür begleitete. Ihr war nicht ganz klar, was weiter zu tun sei. Natürlich wusste sie, dass sie ihn wie üblich hinausgeleiten würde, um ihn mit einem Schubs auf die Straße zur Kaserne zu lenken, wie sie es jeden Abend auch mit den anderen Soldaten tat. Doch als sie die Tür geöffnet hatte und am Straßenrand stand, zwang sie irgend etwas, seinen Arm weiter festzuhalten und noch ein paar Schritte mit ihm zu gehen, wobei sie gegen sein Schwanken ankämpfte und sich gegen seinen schweren Körper stemmte, der sie auf die Wiese drängte, bis ein kräftigerer Stoß sie übermannte und sie beide den Graben hinunterpurzelten.

Im nachtfeuchten Gras liegend, versank Attilio mit seinem Kopf zwischen Mariannas Brüsten und fühlte sich endlich zu Hause, eingetaucht in die weiche Wärme der heimatlichen Berge, weit weg von Haubitzen und fremden Orten, weit weg von Melancholie und Kummer, während sie sich bemühte, Italienisch zu sprechen, und ihm ins Ohr flüsterte, dass sie ihn gern hatte.

8

Während also Onkel Tonio meine Großmutter und meinen Vater in das kleine Dorf am Fuß der Alpen brachte, rechnete er im stillen die noch offenen Schulden durch und erwog die Möglichkeit, den traurigen Anlass in eine günstige Gelegenheit umzumünzen und seinen Plan zu verwirklichen, das Unternehmen zu erweitern, indem er dem Weinhandel eine ordentliche Schnapsbrennerei hinzufügte.

Schon bei dem bloßen Gedanken stach ihm der Geruch von Alkohol und Essenzen in die Nase, hatte er in seiner Vorstellung die Farben der Tinkturen vor Augen, ließ er sich erneut vom Zauber der kupfernen Destillierbehälter, der Glaskühler und der Zinntöpfe fesseln. Es war das gleiche berauschende Gefühl, das Tonio zum erstenmal gehabt hatte, als er in die Brennerei von Meister Bartolini gekommen war, wo er, kaum den Kinderschuhen entwachsen, als Laufbursche angestellt worden war und wo er, wie es früher üblich war, Tag für Tag einen langen Weg zurücklegte, um die Kunst eines Berufs zu erlernen, der aus einem gewöhnlichen kleinen Jungen einen gestandenen Handwerker machte.

In seinen Kinderaugen war ihm dieser Ort sogleich wie die Höhle eines Hexenmeisters erschienen, wo in Kupferkesseln Essenzen von stechendem oder süßlichem Geruch brodelten, wo das Feuer große Destilliergefäße erhitzte, die Unmengen von Trester in glasklaren Grappa und Unmengen von Kräutern in zartgetönte Liköre verwandeln konnten, und wo selbst der Rhythmus der Zeit vom langsamen Tröpfeln der Branntweine, der Filtrate und der Tinkturen bestimmt zu sein schien.

Meister Bartolini bot übrigens tatsächlich das Bild eines Magiers, ja wirklich eines Hexenmeisters, der sich mühelos und entschlossen zwischen den Gerätschaften bewegte, das Feuer schürte, ein Thermometer kontrollierte und das große Rezeptbuch zu Rate zog, das er im Geldschrank verwahrte, das Buch, in dem er mit einer schönen, runden Handschrift bedächtig alle neuen Mischungen notierte, die er entwickelte, indem er kostete, die Zutaten variierte, die Dosierungen korrigierte, bis er der Meinung war, den gewünschten Geschmack oder die erstrebte Farbe gefunden zu haben.

Obwohl Onkel Tonio vom Schrubben der Fußböden bis zum Materialtransport die simpelsten und niedrigsten Aufgaben zu verrichten hatte, verfolgte er Meister Bartolinis Arbeit vom ersten Augenblick an aufmerksam und genau, so wie er gebannt und fasziniert auch die Manöver eines Taschenspielers verfolgt hätte. Meister Bartolini wiederum war sehr von dem Interesse angetan, das dieser Bursche seinem Beruf entgegenbrachte, ein Interesse, das ihn mit der Zeit veranlasste, Tonio mit einem unerfüllten Wunsch in Verbindung zu bringen, der ihm keine Ruhe ließ.

Er hatte die Kunst des Destillierens und der Schnapsherstellung nämlich von seinem Vater gelernt, gemäß einer Tradition, die in der Familie schon seit Generationen weitergegeben wurde und die daher eine Arbeit abrundete, durch die es möglich wurde, eine kleine, doch wegen der Qualität ihrer Produkte hochgeschätzte Brennerei aufzubauen und über die Jahre am Leben zu erhalten. So war es nun Meister Bartolinis Wunsch, dieses Wissen an einen Sohn weiterzugeben und ihm jede Technik und jeden Trick beizubringen, der ihm einmal nützlich sein konnte, und zwar nicht nur, um ein Meister der Schnapsbrennerei zu werden, sondern auch, um sein Talent weiterzuentwickeln und sich neue Rezepte auszudenken, um neue Geschmacksrichtungen und neue Aromen auszuprobieren. Um Freude am Erfinden zu haben.

Doch der Himmel hatte andere Pläne, und die Ehe mit Signora Leda trug keine Früchte, so dass Meister Bartolini mit den Jahren nicht nur von einer schlecht verkrafteten Resignation erfasst wurde, sondern zudem von dem unangenehmen Gefühl, ein abgehackter Baumstamm zu sein, ein verdorrter Ast, aus dem kein Zweig mehr sprießen würde.

Um dieses verdrießliche Gefühl abzuschütteln, begann er die Möglichkeit zu erwägen, seinen Laufburschen in die Geheimnisse seiner Kunst einzuweihen, und das tat er dann auch, zeigte ihm geduldig und sorgfältig die Regeln und Finessen einer Technik, die die Bartolini vom Vater an den Sohn weitergegeben hatten, und machte aus dem jungen Lehrling Tonio einen tüchtigen Handwerker, der der Leidenschaft gerecht wurde, die er vom ersten Tag an unter Beweis gestellt hatte.

Doch Onkel Tonio hatte noch eine andere Leidenschaft, nämlich die Frauen, jenes unwiderstehliche Verlangen, das er spürte, wenn er einen Frauenkörper bewunderte, wenn sein Blick sich in den Rundungen eines Busens verlor und wenn er den tausend geheimnisvollen Versprechungen folgte, die der verstohlene Blick und das zweideutige Lächeln einer Frau oder der Gruß eines Mädchens verbergen konnten.

Am meisten entzückte ihn das immer gleiche und jedesmal neue Spiel der Verführung, dieses Knüpfen eines zarten Netzes aus Blicken, Andeutungen, Höflichkeit und Zuneigung, das aufmerksame Ergründen, welche Taste anzuschlagen und welches Register zu ziehen war, um Eindruck auf ein Augenpaar zu machen, um die Weichheit einer Brust zu genießen, um das Geschenk einiger Stunden der Zärtlichkeit und Liebe zu empfangen, auch wenn er sich dann, nachdem er sein Ziel erreicht hatte, unter irgendeinem Vorwand von ebenjenem Blick abwandte und sich von einer neuen Weichheit, von anderen Liebkosungen und von anderen Liebschaften betören ließ.

Hochgewachsen, gutaussehend, das Haar stets mit einer glänzenden Brillantineschicht glattgestrichen, verstand Tonio es ausgezeichnet, sein joviales, leicht großspuriges Wesen vorteilhaft einzusetzen, mit dem er sich im Lauf der Zeit den Ruf eines unwiderstehlichen Verführers gesichert hatte, einen Ruf, der, wie es häufig geschieht, dazu beitrug, seine Attraktivität und die Neugier der Frauen noch zu verstärken.

Auch auf Signora Leda mochte dieses Renommee wie ein Liebestrank gewirkt haben. Sie war etliche Jahre älter als Tonio und hatte ihn kennengelernt, als er im Grunde noch ein Junge war, und sie hatte mit angesehen, wie zusammen mit der Wertschätzung ihres Mannes für ihn und mit seiner Geschicklichkeit bei der Arbeit auch jene lüsterne Aura um ihn her gewachsen war, jene Mischung aus ihren eigenen Empfindungen und aus dem Dorftratsch, die am Ende auch sie verführt hatte.

Als der außergewöhnliche Herzensbrecher, der er war, hatte Tonio die Sehnsüchte der Frau sofort erkannt, die sich in einer betont freundlichen Art ihm gegenüber offenbarten, in gewissen Blicken, mit denen sie ihn früher nie bedacht hatte, im Flötenton ihrer Stimme, wenn sie sich an ihn wandte; und obgleich er seinen instinktiven Wunsch, diesen offensichtlichen Lockungen zu folgen, aus Respekt und Dankbarkeit seinem Meister gegenüber zunächst ignorieren wollte, siegte der Frauenheld in ihm schon bald über alle Bedenken, weshalb die Säcke mit den Kräutern, die für Meister Bartolinis Aufgüsse bestimmt waren, nun als duftendes Lager für die zärtlichen Ergüsse der Liebenden dienten.

Tonio beließ es jedoch nicht bei diesem einen Betrug: Als er zwischen den Düften von Salbei und Rhabarber Signora Leda in den Armen hielt, fiel sein Blick auf den kleinen Schlüssel zum Geldschrank der Brennerei, den die Frau an einem Goldkettchen um den Hals trug, ein Präsent, mit dem Meister Bartolini ihr symbolisch die Grenzenlosigkeit seiner Liebe zum Geschenk gemacht hatte.

Von nun an nagte ein Wurm in seinem Kopf, flüsterte ihm ein feines Stimmchen ein, sich doch die Intimität mit Signora Leda zunutze zu machen, um endlich an das Buch heranzukommen, das ihr Mann im Geldschrank verschlossen hatte und in dem die Geheimrezepte standen, auf die die preisgekrönte Firma Bartolini im Lauf der Jahre ihren Ruhm gegründet hatte. Denn wenn Tonio vom Meister auch die Grundlagen zur geschickten Ausübung seines Berufs erhalten hatte, so war ihm der Blick in das Rezeptbuch doch immer noch verwehrt, so wie auch die endgültige Dosierung für die wichtigsten Mixturen ausschließlich in der Zuständigkeit seines Meisters lag.

Opportunist von Natur aus, kannte sich Tonio genügend, um sich dessen bewusst zu sein, dass sein Interesse an Signora Leda bald erlahmen würde und überdies das

Techtelmechtel von ihrem Ehemann mit leicht auszumalenden Konsequenzen entdeckt werden konnte, was bei den Umtrieben eines Schürzenjägers immer eingerechnet werden musste und ihn bewog, schnell und unverzüglich zu handeln; so brachte er es innerhalb weniger Wochen fertig, die sehnlich begehrte Möglichkeit zu erhalten, den Geldschrank zu öffnen.

Bis zum Morgen übertrug Tonio, der jegliche Reue über das, was er da tat, weit von sich geschoben hatte, im nächtlichen Dunkel der Brennerei in ein kleines Heft alle Geheimnisse, die den eigentlichen Reichtum von Meister Bartolini ausmachten, die Essenz einer jahrzehntelangen Arbeit, eines Wissens und einer Leidenschaft, in der der Lebenssaft der Kunst ganzer Generationen von Schnapsbrennern floss.

Das war es auch, was den Mann am schlimmsten traf, als Signora Leda ihm unter Schluchzern seinen Verdacht bestätigte und ihm sowohl ihr Verhältnis mit Tonio gestand als auch die Art und Weise, wie dieser sie mit Verführung und Erpressung dazu gebracht hatte, ihm den Schlüssel zu überlassen, mit dem ihr Mann ihr all seine Liebe anvertraut hatte.

Unter der Last dieses doppelten Verrats alterte Meister Bartolini schlagartig. Den letzten Funken Energie legte er in die Verachtung, mit der er Tonio strafte, in die tadelnden Worte, mit denen er ihm befahl, nicht nur seine Firma, sondern auch das Dorf zu verlassen, wenn er nicht des Rezeptdiebstahls bezichtigt werden wollte, des Diebstahls einer Arbeit, die nur dem gehörte, der mit Fleiß und Geduld ihre Grundlagen geschaffen hatte, und dies dank der Kunst, nicht nur ein Meister im Destillieren zu sein, sondern in erster Linie ein Mensch. Mochte er mit den gestohlenen Formeln doch bleiben, wo der Pfeffer wuchs, sagte er beim Abschied zu ihm, und mit den Wörtern und Zahlen, die ihm womöglich die Illusion verschafften, ein guter Handwerker zu sein, ihm, der doch immer nur ein einfacher Laufbursche bleiben würde.

Tonio steckte diese Strafpredigt mit der gleichen Leichtfertigkeit weg, mit der er für gewöhnlich auch letzte Liebesfunken, Beziehungsscherben und noch offene Wunden hinter sich ließ. In seiner speziellen Rechnungsführung war sein Ziel die Mühe wert gewesen, mit gesenktem Kopf die wenigen unerfreulichen Minuten zu ertragen, in denen er Meister Bartolinis Verachtung aushalten musste. Die Welt ist groß, dachte er, als er auf seinen Zug wartete, und neue Orte, neue Horizonte standen für die Möglichkeit offen, den Beruf, den er nun besaß, zu nutzen, und andere Blicke und Umarmungen zu finden, die erobert werden wollten. Während er also in den Zug stieg, um zu Attilio in das kleine Dorf in Alpennähe zu fahren, hatte er das Gefühl, eine unbegrenzte Zeit vor sich zu haben und einen unendlichen Raum, den er mit seinen Fähigkeiten füllen konnte, mit dem Aufbau von Erfolg und Reichtum, mit etwas Unwiderstehlichem, durch das er die Dürftigkeit des Dorfes, das er gerade verließ, überwinden und auslöschen konnte, und auch den Geist jener Häuser und Menschen, der immer nur aus denselben Dingen bestand, aus dem Vorliebnehmen mit ein paar Straßen, aus immer gleichen Gesten und Worten und aus veralteten, aufgegebenen Sitten wie die von Meister Bartolini.

Auf dem Trittbrett des Wagens stehend, fühlte Tonio sich wie der Herr der Welt. Er sah zu, wie die letzten vertrauten Dinge an ihm vorüberzogen, und genoss die Unbeschwertheit, die ihn erfüllte, in vollen Zügen. Dann steckte er eine Hand in die Tasche, um sich zu vergewissern, dass er das Heft mit den gestohlenen Rezepten bei sich trug, und nicht der Schatten eines Zweifels streifte seine Gedanken, die bereits auf eine strahlende, aufregende Zukunft ohne Hindernisse gerichtet waren. Er strich nur zärtlich über den Umschlag des Heftes und dachte, dass er es wirklich verdient hatte.

9

Mein vater hatte nur eine äußerst vage Vorstellung davon, wie es möglich sein könnte, aus einem Häufchen Mehl ein Nahrungsmittel zu gewinnen, das den Hunger einer unübersehbaren Meute Gefangener stillen sollte. Als der vom Backofenduft verhexte Hauptmann ihn also aufforderte, einen Bäckertrupp zusammenzustellen, bestimmte er auch Marione, der zwischen Backöfen aufgewachsen war, zu einem der Auserwählten, denn er wusste, dass die Nähe dieses brüderlichen Freundes ihn vielleicht retten konnte: Er würde ihm zusehen und ihn imitieren, all seine Gesten nachahmen und so die eigene komplette Unwissenheit kaschieren.

Auf dem Weg zu seinem Arbeitsplatz zwinkerte mein Vater seinem Gefährten daher zu, der sogleich verstand und bei dem Gedanken erschrak, was alles passieren konnte, wenn die Wachen den Schwindel entdeckten. Doch gleichzeitig regte sich auch Dankbarkeit für diese leichtsinnige Entscheidung in ihm, die ihm immerhin die Gelegenheit sicherte, in der Nähe von Nahrungsmitteln zu bleiben, sie zu verarbeiten und über sie zu verfügen und somit nicht Gefahr zu laufen, täglich gegen die grausame Leere ankämpfen zu müssen, die der Hunger in die Menschen grub.

So schluckte er seine Angst hinunter, zwinkerte meinem Vater ebenfalls zu und flüsterte ihm bei der ersten Gelegenheit zu, er möge in seiner Nähe bleiben und jeden Handgriff nachmachen, den er tat, wirklich jeden. Genau darauf hatte mein Vater gewartet, und sein Talent als Gaukler und Schlitzohr einsetzend, verriet er den Franzosen nicht, dass er eigentlich nicht die geringste Ahnung vom Brotbacken hatte. Ja, dank der ihm eigenen Geschicklichkeit und schnellen Auffassungsgabe übertrumpfte er Marione beinahe noch, wenn er den Teig knetete, die Laibe formte und sie auf die Bretter legte, mit denen sie in den Ofen geschoben wurden.

Als mein Vater dann wirklich einige Sicherheit erlangt hatte, erinnerte ihn die Beschaffenheit der in lange Stränge gezogenen Teigmasse, von der die einzelnen Laibe abgetrennt wurden, unwillkürlich an das Material, mit dem er seit seiner Zeit im Mutterleib gelernt hatte, die Knoten seines seefahrenden Großvaters zu binden. So kam es, dass er zum allgemeinen Erstaunen und Amüsement anfing, den Brotteig zu so originellen und eleganten Palsteks und Affenfäusten zu knoten, dass es fast eine Sünde war, die Brote zu brechen, zu entflechten oder zu zerschneiden, um den Hunger der Soldaten zu stillen. Von nun an brachten diese Brote, die bei der täglichen Essenausgabe in die Hände der Gefangenen gelangten, einen Moment des Staunens und der Freude in die bedrückenden Tage der Gefangenschaft, einen Farbtupfer fröhlicher Wunderlichkeit, der sich von der Armseligkeit jener für Menschen gebauten Gehege abhob.

Unmittelbar vor dem Schuppen, in dem die Öfen standen, hatte man lange Bretterzäune mit Stacheldraht errichtet, die tatsächlich wie Viehgatter aussahen. Die Hunderte von Kriegsgefangenen waren in den Augen der Franzosen auch kaum mehr wert als Schafe oder Pferde, Herden, die in diesen Einfriedungen ruhiggestellt und zusammengehalten werden mussten, bis sich ergab, wie man sie ausbeuten konnte.

So verkümmerten in dieser Umzäunung die Reste einer angeblich unschlagbaren Armee in Erwartung ihres Schicksals, gezwungen, eine entsetzlich langsame, schwerfällige Zeit zu erdulden, die von der unerträglichen Sonne des Tages erhitzt und vom Frost der Nacht abgekühlt wurde, eine Zeit, die um das Nichts gewickelt war, das die Gefangenen umgab, um den Raum der Wüste, der sich vor ihren Augen erstreckte; und in dieser Nichtigkeit verlor sich Tag für Tag ihr Leben, das an nicht vergehende Stunden, zähflüssig wie Melasse, geklammert war, an Stunden, klebrig vom Schweiß, von der Wut und von der Schmach, was ihnen sogar noch den Schlaf raubte.

Die einzigen in dieser Menschenmasse, die in den ersten Wochen der Gefangenschaft, bevor jeder von ihnen eine neue Aufgabe zugewiesen bekam, einen Augenblick des Friedens fanden, waren ebenjene wenigen Dutzend Glückspilze, die von Anfang an zur Arbeit eingeteilt waren. Lediglich die kleine Schar derer, die mit Putzen und mit Materialtransporten beschäftigt waren, und das Grüppchen der Bäcker fanden in der Müdigkeit nach der Arbeit einen Grund für ein paar Stunden Schlaf, in denen sie sich ausstreckten, sich erholten, sich in die Obhut der Träume flüchteten und so der Beklemmung entgingen, die das Nichts zwischen die Zäune der Gefangenschaft goss.

Der Rest um sie her versank in der Anspannung, im Fieber, in Zuckungen, heftig wie Schluchzer, bei der Erinnerung an die Hölle, aus der sie gerade erst aufgetaucht waren – Brocken der Furcht, in die Kehle von Menschen gepflanzt, die sich jahrelang von den Geschichten um einen Phantasiekrieg aus bombastischen Worten, aus zu besiegenden Feinden und aus zu erobernden Ländern genährt hatten.

In dem uferlosen Meer aus Sand und Steinen, das damals ihr einziges Land wurde, verflocht sich die Reglosigkeit der Zeit mit der Unbeweglichkeit der Nacht und einer Stille unter einem Himmel voller nie gesehener Sterne, in der sie noch immer die Detonationen der Granaten hörten, den glühendheißen Wind der Explosionen spürten, die Gliedmaßen ihrer Kameraden durch die Luft fliegen sahen, als hätte eine unsichtbare Sense sie abgetrennt, und im Mund hatten sie den entsetzlichen und unverwechselbaren Geschmack der Angst.

Und während bei Tag die Stagnation der Stunden damit ausgefüllt war, dass man sich den Wörtern, dem sinnlosen Geschwätz, den Geschichten aus dem eigenen Leben und von fernen Dingen verschrieb, war das Schweigen der Nacht wie ein offenes Meer, das sie zwang, den Rückweg anzutreten, mit von Müdigkeit und Blut durchweichten Schritten, die sie von ihrem Zuhause bis zu diesen Stacheldrahtverhauen gebracht hatten.

Viele Jahre später erzählte mir mein Vater selbst von dieser Unruhe, von dieser Aufregung, die ihn, ganz als wäre sie aus aufgewühltem Wasser, im grenzenlosen Raum der Dunkelheit übermannte, wenn er sich erschöpft nach dem Brotknüpfen auf der Decke in seinem sandigen Winkel ausstreckte, um endlich die Hände stillzuhalten und auch die Muskeln still, den Atem ruhig, die Augen fest geschlossen.

Seinen Arbeitskameraden verhalf diese Reglosigkeit zum Versinken in Schlaf und Erholung, doch kaum wollte der Körper meines Vaters in Schlummer fallen, bestürmten ihn sturzwellenartig die Gedanken seiner neben ihm liegenden Gefährten und verwehrten ihm den Schlaf. Anstatt sich in der Erschlaffung zu entspannen, wurde der Geist meines Vaters von den Gespenstern heimgesucht, die die Umzäunung füllten, von entsetzlichen Todesbildern und von der heiß auflodernden Sehnsucht nach der Heimat, nach dem Gesicht eines gefallenen Kameraden, nach einem vertrauten Geruch.

Vor diesen Sturzwellen, diesen regelrechten Sturmböen, die die Segel seiner Ruhe zerfetzten und denen er nicht anders beikommen konnte, als sich ihnen zu stellen, gab es für ihn kein Entrinnen. Deshalb musste er sich mehr als einmal erneut platt in den Sand drücken, so wie in der ersten Nacht, als die englische Artillerie gezeigt hatte, wo der Unterschied lag zwischen den von Balkons oder aus Lautsprechern, aus Offiziersmündern oder aus Zeitungsspalten abgefeuerten Worten und den Kanonenschüssen mit ihrem dumpfen, fernen Donner und mit Einschlägen, die heulend wie verzweifelte Stimmen kamen, den Boden erschütterten und Erde und Tod aufrührten.

Manchmal stand er an dem Stacheldrahtverhau, schaute ins nächtliche Nichts und suchte in der Richtung, aus der sie gekommen waren, nach den Spuren des Lebens derer, die er schwitzen, fluchen und dann von einem Augenblick zum anderen hatte in die Luft fliegen sehen, am Ende zerfetzt von dem Sturm, den alle als Krieg bezeichneten.

Am Lenkrad seines Lieferwagens auf dem Weg durch die Berge – ich war damals fast noch ein Kind – sollte mir mein Vater später erzählen, wie sie in diesem Chaos wie Wild ins Netz getrieben worden waren, wie sie die sonnendurchflutete Szenerie der Landung hinter sich gelassen hatten, um sich auf den Weg in die Libysche Wüste zu machen: eine unschlagbare Armee aus Pappmaché. Kaum war die gemalte Kulisse aufgerichtet, wurden sie von der Weite aus Stein und Sand, in die sie eindrangen, überwältigt, von der unermesslichen Ausdehnung und der einschüchternd großen Schönheit, einer Weite, ebenso faszinierend und ebenso gefährlich wie ein unendliches Meer, in welchem sich zu verlieren ohne einen inneren Kurs und ohne die Fähigkeit, sich eine Landebrücke zu bauen, kinderleicht ist.

Daher sah er, wie er mir im Schutz des beruhigenden Horizonts unserer Berge erzählte, das Leben seiner Gefährten schon abhanden kommen, bevor sie von den Märschen und von der Dummheit ihrer Kommandeure, von den englischen Granaten, von den Strapazen und vom Hunger zwischen den Steinen und der Unendlichkeit aufgerieben wurden. Er sah, wie sich die Sicherheit und die leichtsinnige Heiterkeit des Anfangs nach und nach in den immer gleichen Tagen des Marschierens auflösten, in einem Vorstoß, der sich allmählich weniger als eine Bewegung oder ein Ortswechsel erwies, sondern vielmehr als das Eindringen in das eigene Ende.

Das Nachlassen dieser Sicherheit, erzählte er mir, machte sich zunächst in der Stimmung bemerkbar, in den vereinzelten Nachrichten, die aus Gebieten zu den marschierenden Truppen gelangten, in die diese siegreich hätten einrücken sollen: immer knappere Meldungen über verlorene Schlachten, über in Schützengräben festsitzende Vorhuten, über Fleisch, verbrannt von Anstrengung und Artilleriefeuer, und über Schwärme von Panzern, die aus den Dünen hervorbrachen wie lästige Insekten, um mit ihren bleihaltigen Stichen zu töten.

Am Ende stockte der Vormarsch der Armee wie ein Ozeandampfer, der in voller Fahrt auf Küstensand aufläuft, wie ein stotternder Motor, der ersterbend jedes Tukkern aufgibt. Einen ganzen Nachmittag saßen sie reglos unter einem prasselnden Regen und versuchten die folgende

Nacht hindurch, sich vor der Kälte zu schützen, sich nur von den Nachrichten nährend, die inzwischen nicht mehr bloße Gerüchte waren, sondern Mitteilungen und Gewissheit, von Mund zu Mund weitergegebene Berichte, die um den magischen Namen Tobruk kreisten; der war nun nicht länger mit dem Jubelwort des Sieges verknüpft, sondern mit einer Vielzahl von Synonymen, die für Niederlage, Zusammenbruch, Rückzug standen, für Fiasko, Vernichtung. Flucht.

So in die Wüste geschickt, wurden sie in jener Nacht von einer bangen Ungewissheit ergriffen, die ihre Seelen verstörte und sie zu einem schweren, als Schlaf getarnten Schweigen zwang. In dieser Stille hörte mein Vater damals deutlich das Blut dieser Tausende von Körpern durch die Adern fließen, hörte die Atemzüge, das Kratzen des Hungers in den Mägen und das Summen der Erschöpfung. Neben seinen drei Freunden liegend, wurde ihm klar, dass ihr Leben in jenen Stunden zum Stillstand gekommen war, denn sie hatten den höchsten Punkt einer Geschossbahn erreicht, die schon bald wieder abwärts führen sollte. Sie waren wie in den Himmel geschleuderte Steine, die ihren Schwung verloren hatten und für einen kurzen Augenblick reglos in der Luft verharrten, bis sie wieder zu Boden fallen würden.

Die tagsüber von der Glut der Sonne verbrannten Steine der Wüste zersprangen in der nächtlichen Kälte knallend wie Gewehrschüsse. Gegen Morgen setzten in der Richtung, in die sie vorstoßen sollten, hinter dem Horizont Donnerschläge und Blitze ein. Mein Vater und seine Gefährten sahen sich wortlos an. Nur Marione lächelte nach ein paar Minuten und brachte die Unverfrorenheit auf, von Regenschirmen zu reden.

Wenig später nahm das Donnergrollen zu, zusammen mit der Bangigkeit und dem Bedürfnis, zu wissen, was da vor sich ging. Mein Vater schilderte mir später, wie dieses Gefühl und dieser Wunsch mit dem ersten Pfeifen der Artillerie, das den entsetzlichen Knall eines Kanonenschusses ankündigte, schlagartig ausgelöscht wurden. Das Geschoss landete nur fünfzig Meter von der ersten Reihe der Männer entfernt und riss vor dem dunklen Himmel eine Fontäne aus Steinen und Sand in die Höhe.

Alle pressten sich noch fester an den Boden und sehnten sich danach, ein Murmeltier oder ein Maulwurf zu sein, ein Tier jedenfalls, das sich in der Erde verkriechen und dort Schutz finden konnte. Das zweite Geschoss schlug mitten in der Truppe ein, wenige Meter neben einem Laster, der wie ein Spielzeug umgeworfen wurde. Schreie und Hilferufe, haushohe Flammen und dann weitere Einschläge und gigantische Sandpilze, die Beine, Stimmen, Arme, Augen mit sich emporrissen und Leben und Träume zerfetzten.

Die Ohren meines Vaters schmerzten vom durchdringenden Pfeifen, das den ankommenden Kanonenschüssen voranging. Dieses langgezogene Pfeifen, erzählte er mir, hörte sich tatsächlich an wie die Sirenenstimmen bei Odysseus, wie etwas Entsetzliches und Phantastisches, das in einem lang anhaltenden Ton die Vergänglichkeit und Machtlosigkeit desjenigen offenbarte, der ihn hörte. Und neugierig wie Odysseus vor der Küste Siziliens kroch mein Vater, während die Schüsse die Soldaten wegfegten, als wären sie nicht einmal Ameisen, aus dem Krater heraus, in dem er mit seinen Kameraden in Deckung lag, richtete sich auf und sah sich dieses apokalyptische Schauspiel an.

Das Bild, das er bot, reglos am Rand der Grube, von den

Blitzen der Explosionen erhellt, war wahrscheinlich eine Hommage an Mondo, daran, wie er sich seinen Großvater beim Schiffbruch auf hoher See vor Feuerland immer vorgestellt hatte, aufrecht stehend auf der Brücke eines vom Wind und vom Ungestüm der Wellen heimgesuchten Tankschiffs. Denn es gab, erklärte er mir, immer einen Moment in unserem Leben, in dem alle Vernunft aussetzte, in dem es weder Angst noch Kalkül gab, sondern nur noch den Wunsch, zu erkennen und zu sehen.

Es war also keine Provokation und auch kein Mut. Es waren nur der Instinkt und die Neugier eines Zauberers. Während des endlosen Beschusses stand mein Vater da und schaute, geohrfeigt von den Druckwellen, gestreift von Steinen und Erde und erfüllt von der Größe des Todes, von der Macht der Zerstörung, von der Wahrnehmung der eigenen Nichtigkeit.

Ohne auf die Rufe seiner Kameraden zu achten, sah er, wie jeder Einschlag einen weiteren zu vertreibenden Schmerz zwischen ihm und dem bisherigen Leben aufwarf, und auch ein Streben und ein Verlangen nach der Flucht von einem Ort, von dem jede Flucht unmöglich war, und letztlich danach, wie bei den Fesselungstricks das Seilende zu fassen zu bekommen, an dem man ziehen musste, um den Knoten zu lösen.

Die Zeit nach dem Blutbad bestätigte auch dem letzten, was für ein Schwindel diese Expedition war. Nachdem sich die Reihen provisorisch für ein paar Stunden und völlig umsonst wieder formiert hatten, warteten alle auf konkrete Informationen und Befehle, um zu wissen, was zu tun sei. Sie warteten noch, als die Strahlen der aufgehenden Sonne auf die mit Kratern und Leichen übersäte Ebene fiel. In einer Szenerie, die von einem wahnsinnigen

Künstler entworfen schien, wurden in der Schönheit der Wüste allmählich die in das noch tiefstehende Licht getauchten, sonderbaren Blüten aus Fleisch, menschlichen Gliedmaßen, Rümpfen, Armen und Beinen erhellt, ein Schlachtfeld aus Staub und Blut, dessen Anfang und Ende nicht zu erkennen waren: ein quälender, höllischer Anblick, der die Soldaten für einige Minuten verstummen ließ.

Dann setzten die Schreie, die Hektik, die mit kehliger Stimme gebrüllten Befehle wieder ein, bis sich die restliche Armee langsam in Bewegung setzte und mit gelichteten Reihen in die Richtung marschierte, die der, aus der sie gekommen war, entgegengesetzt lag.

10

Für Tonio und Attilio war es nicht schwer, ihre Schwägerin zu überreden, den Betrieb des Capomastro aufzugeben. Angesichts der Papiere, in denen die Summen aufgelistet waren, die sie für den Versuch ausgegeben hatten, das Leben ihres Bruders zu retten, blieb meiner Großmutter nichts weiter übrig, als einzusehen, dass sie diese Schuld nicht anders würde abtragen können.

Trotz dieser Einsicht unterschrieb sie die Abtretungsurkunde mit Gewissensbissen und einigem Schuldgefühl, so als besiegelte sie damit einen Verrat am Willen und am Andenken ihres Mannes. In dem kurzen Moment, den sie brauchte, um mit ihrer kindlichen Schrift ihren Namen zu schreiben, erinnerte sie sich an das, was der Capomastro ihr über seine Brüder erzählt hatte, und daran, dass er seine Interessen geschützt hatte, indem er sie stets säuberlich getrennt von Tonios Opportunismus und Attilios Unbeständigkeit gehalten hatte.

Während der Capomastro genau gewusst hatte, wie berechnend und egoistisch sich Tonio in seinem Umgang mit Menschen und Dingen verhielt, hatte er sich von Attilios Geschäften fernhalten müssen, weil dieser keinen Funken praktisches Verständnis besaß. Nicht dass Attilio ein Nichtsnutz gewesen wäre, ganz im Gegenteil. Er hatte die nahezu magische Fähigkeit, jedes beliebige Handwerk, das er in Angriff nahm, im Nu und gründlich zu erlernen, so dass er in der Elektroinstallation ebenso bewandert war wie in Maurerarbeiten, in der Reparatur von Maschinen ebenso wie in der Landwirtschaft. Es war nur eben so, dass seine unbestreitbaren Talente von der nahezu pathologischen Neigung, sie für sinnlose Zwecke einzusetzen, sogleich wieder zunichte gemacht wurden.

Sobald Attilio sich nämlich in einem Beruf solide Kenntnisse angeeignet hatte, beschritt er, anstatt sich darum zu kümmern, dass ein einträgliches Geschäft daraus wurde, den Weg von Erfindung, Forschung und Konstruktion, was durchaus zu brillanten Ergebnissen hätte führen können, wenn sein Interesse sich nicht unweigerlich auf bereits existierende Objekte und Mechanismen gerichtet hätte, auf Apparaturen, die er verbessern oder selbst neu erfinden wollte. In Attilios Vorstellungswelt tauchte die Möglichkeit, etwas zu kaufen, was neu oder bereits fix und fertig war, so gut wie nie auf, weshalb er immer darauf aus war, die Einzelteile zu erwerben oder aber wiederzuverwerten, mit denen er ein Fahrrad zusammenschrauben, ein Möbelstück bauen oder eine Heizungsanlage konstruieren konnte.

Auch das Haus, in das er mit Marianna zog, nachdem der Gastwirt diesem Jungen mit der eleganten Redeweise nach einigem Zögern die Hand seiner Tochter überlassen hatte, blieb im Laufe der Jahre eine ewige Baustelle, mit Wänden, die noch verputzt werden mussten, mit Stromleitungen, die noch nicht fertig verlegt waren, mit seltsamen Vorrichtungen, die von Fall zu Fall die Speisen kühlen oder das Haus heizen, die Böden säubern oder die Räume gleichmäßig beleuchten sollten, die jedoch häufig mitten in der Entstehungsphase aufgegeben wurden oder, falls man sie doch in Betrieb nahm, unweigerlich umgebaut, repariert oder ausgetauscht werden mussten.

Dieses Haus glich also weniger einer Wohnstätte als

einer Mischung aus Werkstatt und Schuppen, wo alles in einem offenkundig prekären und chaotischen Zustand blieb, der nicht nur durch Attilios Schnapsideen weiter verschärft wurde, sondern auch noch durch die absolute Unfähigkeit Mariannas, die Dinge in Ordnung zu halten.

Meine Großmutter musste sich wohl oder übel in ein paar Zimmern einrichten, die die Schwäger ihr zugewiesen hatten und in denen sie versuchte, in einem tagtäglichen, zermürbenden Kampf mit der Invasion von Gegenständen, die vom Rest des Hauses herüberzuwuchern und überhandzunehmen schienen, dem Chaos um sie her eine Oase abzutrotzen.

In dem Augenblick also, da sie die Papiere für die Übereignung des Maurerbetriebs unterschrieb, war ihr die Härte ihrer Lage, die sie zwingen würde, an einem Ort und unter Umständen zu leben, die ihr nicht gefielen, schon bewusst. Ihr würde nicht nur die schützende Gegenwart des Capomastro fehlen, sondern sie würde in diesem fremden, von einer Tonsur aus furchterregend hohen Bergen umgebenen Dorf auch keine Gelegenheit mehr haben, bei ihrer geliebten Erntenachlese Frieden und Erholung zu finden. Fern von den Wiesen, die zu den Kurven ihrer Hügel hin anstiegen, und unter Leuten, die in einer ihr unvertrauten Sprache redeten, erschien ihr diese Beschäftigung, die ihr viele Jahre ein Trost gewesen war, nun so unerreichbar wie der Mond oder noch unerreichbarer.

Zudem flößte ihr ihre Schwägerin eine gewisse Scheu ein, hervorgerufen sowohl durch Mariannas energisches, willensstarkes Temperament, als auch durch das Bewusstsein, ohne Arbeit und Eigentum Gast in einem fremden Haus zu sein. Mit der Resignation, von der sie seit dem Tag beherrscht wurde, als die Nachricht vom Tod des Capomastro eingetroffen war, und ungeachtet der Bedenken, die ihr durch die Zweifel ihres Ehemanns an seinen Brüdern gekommen waren, unterschrieb meine Großmutter nun also die Abtretungsurkunden zunächst für den Betrieb und dann für das rosa Häuschen, als wäre dies unabwendbar, etwas, was sie noch endgültiger in den Käfig aus Traurigkeit und Schwermut sperrte, in dem sie sich bereits rettungslos gefangen fühlte.

Der Akt, mit dem sie auf das eigene Leben verzichtete, indem sie es praktisch in die Hände ihrer Verwandten gab, machte meinen Vater endgültig zur Waise, und nun verlor er nicht nur einen Vater, den der Tod hinweggerafft hatte, sondern auch eine Mutter, die sich unter Verzicht und Fügsamkeit selbst begraben hatte.

So zog er mit dem Gefühl in Attilios Haus ein, sich irgendwie für eine Reise rüsten zu müssen, um einen Halt fern der Kapitulation zu finden, die seine Mutter mit ihrem schwachen Lächeln, ihrem gebeugten Gang und ihren vollends verstörten Blicken bereits signalisierte.

Doch kaum hatte sich die Haustür geöffnet, kaum erblickte mein Vater diese vollgestellten Räume, in denen die Unordnung und das Chaos seltsamer, nie fertiggestellter Gegenstände herrschten, fühlte er sich durch etwas getröstet, was er zwar nicht völlig verstand, was ihm jedoch durchaus vertraut war. Während Attilio und Tonio damit beschäftigt waren, meiner Großmutter ihre Kreditsituation auseinanderzusetzen, um die Erlaubnis zu erhalten, das Leben ihrer Schwägerin zu verkaufen, schlenderte er umher, sah sich die sonderbaren Gerätschaften an, versuchte, ihren Sinn und Zweck zu ergründen, und begeisterte sich für diesen Wirrwarr aus Apparaturen, Vorrichtungen, Objekten und Konstruktionen, die ihn in ihrer unauflösbaren

Verflechtung an das Geheimnis der Knoten und an die ungeahnten Kombinationen erinnerten, mit denen sich die Realität im Zaum halten lässt.

In jenen Minuten regte sich das vertraute Sehnen in ihm, durch das er im Bauch seiner Mutter das Leben kennengelernt hatte, und so spürte er eine Erregung, die die Angst vertrieb und ihm ein bekanntes und zugleich neues Material schenkte. Während der Capomastro ihm als Rezept gegen das Nichts die Stabilität des Bauens mit Verstand und Ziegeln hinterlassen hatte, bescherte ihm das, was er in diesen Räumen sah, nun etwas, was er nicht in Worte fassen konnte. Ihm war, als spiegelten diese Zimmer einen Teil seiner Seele wider, etwas, was, obwohl fest und konkret, die Essenz eines zerbrechlichen und flüchtigen Vergnügens verkörperte, durch das er einen Sinn für sein künftiges Leben finden konnte.

Kaum hatte man die Unterschrift meiner Großmutter erhalten, machte sich ein offenkundiges Gefühl der Erleichterung in Attilios Haus breit, eine Zufriedenheit, die sich in Mariannas Lächeln und vor allem in der Hochstimmung Tonios zeigte, der nun klar die Möglichkeit vor Augen hatte, mit dem Geld der Schwägerin das kleine Unternehmen auszubauen, das er gemeinsam mit seinem Bruder betrieb, sich diesen dabei vom Hals zu schaffen und sich endlich seinen Traum zu erfüllen, eine Likörfabrik und Schnapsbrennerei aufzubauen.

Es war nämlich so, dass die Geschäfte der beiden Brüder auf einem recht unbedeutenden Niveau dahindümpelten, vornehmlich wegen Attilios fixen Ideen, denn anstatt sich einer Sache ganz zu widmen, vergeudete er Kraft und Geld mit tausend nebensächlichen Tüfteleien. Obendrein besaß er keinerlei Unternehmergeist und war mit seinen sozialistischen Überzeugungen schon immer der Ansicht gewesen, dass Arbeit dem Menschen zwar Würde verlieh, dieser deswegen jedoch noch lange nicht ihr Sklave sein durfte.

Der kleine Weinhandel war in Attilios Augen vollkommen ausreichend für ein Leben, das zwar spartanisch, doch frei von Unterwerfung war und in dem er Herr über sich und sein Schicksal blieb, mit der Freiheit, sich nach Lust und Laune seinen Erfindungen und Entdeckungen zu widmen, wie er es stets gewollt hatte.

Als er nämlich, nachdem Marianna ihm im feuchten Gras die Liebe ins Ohr geflüstert und er seinen Rausch ausgeschlafen hatte, beim Gastwirt um ihre Hand anhielt und mit dessen Drängen konfrontiert war, doch eine Stellung in der Kneipe anzunehmen, hatte er sich lieber anders entschieden, eben um seine Unabhängigkeit nicht zu verlieren.

In den letzten Tagen seines Militärdienstes, als das unmittelbar bevorstehende Kriegsende viel Raum ließ, um sich Gedanken zu machen, von der Zukunft zu träumen und Pläne zu schmieden, wog Attilio die verschiedenen Möglichkeiten gegeneinander ab und warf dabei auch seine gesammelten Erfahrungen, seine Wünsche und seine Hoffnungen in die Waagschale. Anfangs verstärkte sein Familiensinn, der ihn immerhin nötigte, sich etwas einfallen zu lassen, um den Notwendigkeiten der Gründung eines Hausstands gerecht zu werden und sich irgendwie durchs Leben zu schlagen, seine Sehnsucht nach seinem Dorf und nach der Geborgenheit, den ihm die Heimat und vertraute Menschen gewähren konnten.

Doch gleichzeitig strebte seine Abenteuerlust nach der Exotik neuer Verhältnisse, die an jenem fernen Ort aufgebaut werden mussten, nach der Herausforderung, bei Null anzufangen und die Mühe auf sich zu nehmen, eine Beschäftigung zu finden, die ihn nicht zwang, unter einem Herrn zu arbeiten.

Tagelang überlegte er, wie er seine Fähigkeiten als Schlosser, Elektriker, Zimmermann und Maurer nutzbringend anwenden könnte, ohne dass er in den verschiedenen Lösungen, die er in Betracht zog, auch nur einen Funken fand, der seine Begeisterung entfacht hätte. Eines Abends schließlich, als er in der Wirtschaft seines Schwiegervaters bei einem Gläschen mit einheimischem Wein saß, rief ihm der herbe, starke Geschmack des Getränks im Gegensatz dazu das sanftere, vollere Aroma des Nektars in Erinnerung, der in den Bergen seines Dorfes erzeugt wurde, dort, wo die Reihen der Weinreben zu den roten Tonböden bis hoch zum Steinbruch anstiegen.

So kam es, dass ihm auffiel, wie sehr das Produkt, das in der Erde seiner Heimat entstand, eigentlich die Sanftheit der Landschaft, die Gefälligkeit der Sprache, die Fülle der Nuancen und der Farben widerspiegelte, Dinge, die anscheinend tatsächlich in einer Flüssigkeit enthalten sein und aus einem Glas getrunken werden konnten. Doch dort, wo er sich befand, war der Wein streng und herb wie die Bauern, die ihn herstellten, und sein Bukett erinnerte an die Schroffheit und die Enge jenes vom Ring der Berge eingeschlossenen Landstrichs.

Da schoss ihm eine neue, unerwartete und aufregende Idee durch den Kopf: Mit dem Wein könnte er die Wärme und das Licht seiner Heimat in diese kalte, schattige Gegend bringen. Um diesen Plan in die Tat umzusetzen, brauchte er nur seine Ersparnisse zusammenzukratzen, in sein Dorf hinunterzufahren und einen ersten guten Posten

Wein zu kaufen, den er dann für den Anfang zur Wirtschaft seines Schwiegervaters transportieren und dort verkaufen konnte, so dass ihm das Lokal als Basis und Ausgangspunkt für seine Geschäfte dienen würde. Zur Auslieferung des Nektars, der zweifellos einen Siegeszug in dieser Gegend antreten würde, konnte er sich ja einige Maultiere anschaffen und mit seiner vorzüglichen Fracht in die Berge hinaufziehen, eben dorthin, wo der Wein wegen der Höhenlage und der Rauheit des Geländes noch dunkler und herber war, und so würde er Frohsinn und Heiterkeit in den harten Alltag dieser Leute bringen, einen verblüffenden Regenbogen, der vor einem Hintergrund aus Veilchen und Süßholz die Farbe des Rubins und die Eleganz eines Madrigals besaß.

Am Tisch des Wirtshauses sitzend, merkte Attilio nichts mehr von dem Gestank nach Schweiß und Stall um ihn her: Er sah sich auf dem Weg in die Gegend, in der er aufgewachsen war, sah sich, verglichen mit dem, was die Fässer aus den Weinkellern des Grafen Trossi kosteten, die besseren Preise machen und sah, wie er – während Marianna und sein Schwiegervater seinen Wein mit heiligem Respekt an eine Menge glücklicher Gäste ausschenkten, als wäre er Ambrosia – an der Spitze einer Maultierkolonne in Dörfer unterwegs war, die zwischen steil abfallenden Felswänden und noch im Frühling schneebedeckten Weiden im Dunkeln lagen.

Er sah sich in Straßen, in Gassen und auf Marktplätzen zwischen Häusern aus Stein vor einem Menschenschlag stehen, der eine felsenharte Sprache sprach, und ihm die Annehmlichkeiten dieses Getränks, die Sonne und die Schönheit, die es in sich barg, ausmalen und erläutern: ebenjene Vorzüge, die schon Leonardos und Botticellis

Durst gestillt hatten, samtige Musik und die Weichheit von Seide.

Er sah, wie er diesem Bergvolk Blut und Leben brachte, und für einen kurzen Augenblick fühlte er sich wie ein Prophet.

II

Wie immer antwortete mein Vater nebulös und ausweichend, wenn ich mich neugierig nach den Ereignissen erkundigte, die ihn nach Marokko geführt hatten. Er erzählte immer neue Versionen, nannte immer andere Orte und Zeitabläufe und rechtfertigte diese Variationen häufig mit seinem üblichen Schulterzucken, das mir lediglich die Gewissheit verschaffte, dass es unmöglich war, eine einzige, vollständige und endgültige Wahrheit zu erhalten.

Manchmal dachte ich, er habe sich in diese Ungenauigkeiten und Verschwommenheiten verliebt wie ein Kind in die Gestalten, die es beim Spielen erfindet und an die es glaubt – ganz als folgte er einem Faden nur so zum Vergnügen und rollte ihn bloß auf, um vom Thema abzulenken und um die Garnspule, auf der alles aufgewickelt war, mit Wörtern und Raum zu umgeben. Und dieses Thema war für ihn, wie ich glaube, die Begegnung mit Monsieur Laplace und Aisha, waren die Häuser und Straßen des Atlasgebirges, eine Bühne, von der er sich ausnahmsweise nicht mit einem Bluff davonstehlen konnte.

Wenn man ihm Glauben schenken wollte, blieb er nicht lange, um in den Backstuben am Hof der großen Kaserne seine sonderbaren Brotformen zu flechten. Denn Tag für Tag lichteten sich die Reihen in den Gattern, und die Häftlingsherden wurden auf Lastwagen verfrachtet und fortgebracht, was in einem staubigen Durcheinander geschah, das die meisten an die Atmosphäre auf dem Markt ihrer Heimatdörfer erinnerte, wo mit Schweinen, Ochsen und

Maultieren gehandelt wurde. Mein Vater und seine drei Gefährten kehrten nach ihrer Schicht in die Stacheldrahtumzäunung zurück und rechneten in einer Art Bestandsaufnahme nach, wer verladen und abtransportiert worden war, zu Zielorten, die, da sie stets ungenannt blieben, Anlass zu Zweifeln, Gerüchten und dunklen Vermutungen gaben. Ein fortwährendes, unruhiges Geplapper verriet die Befürchtung, auseinandergerissen zu werden und die freundschaftlichen und vertrauten Beziehungen zu verlieren, die in den Monaten der Gefangenschaft in ständig wiedergekäuten Gesprächen und durch das gemeinsam ertragene viehische Schicksal mühsam aufgebaut worden waren.

Der Augenblick der Trennung schien immer näher zu rücken, die Hektik der eintreffenden und abfahrenden Lastwagen nahm zu und mit dieser Hektik auch die Besorgnis und die schlechte Stimmung, die nicht einmal mehr durch die verrückten Geschichten und die kuriosen Brote aufgehellt werden konnte, die mein Vater sich ausdachte, und überwältigt vom Getöse der Spekulationen und von dem Gerede, das aus den düstersten Träumen jedes einzelnen der eingezäunten Menschen zu stammen schien, war nun sogar er drauf und dran, seine magische Angewohnheit zu verlieren, aus jeder Situation das Beste zu machen. Doch so, wie ich ihn Jahre später sehen sollte, als es ihm selbst an einem für Angler pechschwarzen Tag noch gelang, wenigstens einen Fisch zu fangen, den er in den geheimen Schlupfwinkeln irgendeines Wildbachs aufstöberte, schnappte mein Vater eines Morgens, als er den Soldaten, die sich an den Dutzenden von beschlagnahmten Lastwagen aus den Beständen der sich zurückziehenden italienischen Armee zu schaffen machten, einen Korb ofenfrisches Brot brachte, aus ihren Reden ein Bündel Worte auf, die seine Trickkünste mobilisierten.

Auf dem riesigen Hof standen Dutzende Laster, größtenteils Zivilfahrzeuge, die mit einer handgefertigten Panzerung verstärkt worden waren, mit der unser geniales Volk die Kanonenschüsse der englischen Panzer ungeschoren zu überstehen gehofft hatte. Doch häufig waren diese Modelle, eben weil sie veraltet waren, den Mechanikern in der Kaserne so gut wie unbekannt, weshalb diese sie nicht richtig in Gang bringen konnten und glaubten, im Besitz einer Beute zu sein, die praktisch nicht zu gebrauchen war.

Viele dieser Wagen waren vom gleichen Modell Lancia, das Onkel Attilio Jahre zuvor einem Schrotthändler abgekauft und dann eigenhändig mit einer Startvorrichtung ausgerüstet hatte, die ein umständliches Dieseleinspritzverfahren erforderlich machte, ein offensichtlich von ihm nachgebautes und eingesetztes System.

Die Worte der Soldaten und die geparkten Autos verrieten meinem Vater, dass er gute Karten hatte, um die Zweifel und Ängste von der Bildfläche jener unsicheren Tage verschwinden zu lassen. Er ging also zu den Mechanikern und spulte, ganz wie es sich für einen rechtschaffenen Schwindler gehört, seine Musterkollektion von mit Wissen und Sympathie polierten Wörtern ab, wobei er ein bezauberndes Lächeln aufsetzte und mit einer zugleich liebenswürdigen und bestimmten Art seine Mitarbeit an der Wiederbelebung jenes Schrotthaufens anbot, ganz so, wie jeder Hausierer es angesichts der Unschlüssigkeit einer verwirrten Hausfrau getan hätte.

Vor den Augen der überraschten Mechaniker sprach er geläufig von Energiekonvektionsprinzipien und wies an dem Klumpen, der das Starten des Motors hätte garantieren sollen, mit dem Finger auf die Teile, die seiner Einschätzung nach ausgebaut, überprüft und wieder in jenen Block eingesetzt werden mussten, den er den Soldaten zeigte, indem er mit einer eleganten Armbewegung die Motorhaube öffnete und allen Schritt für Schritt das Geheimnis dieser Reparatur erklärte.

Und mit demselben Wortschwall, mit dem er später Zigaretten, Zaubertränke und Heilsalben verkaufte, während er seine Kunden mit vornehmen Gesten und raschen Handbewegungen umgarnte, hielt er nun eine Ansprache vor den Offizieren, die er sogleich ans Krankenlager der reglos auf dem weiten Platz stehenden Lastwagen rief, um sie zu überreden, ihm Zeit und ein paar Männer seines Vertrauens zu geben, mit denen er jene Wracks innerhalb weniger Tage wieder auf Touren bringen würde – nicht zuletzt dank der exzellenten Fähigkeiten, die er schon als Kind durch den häufigen Aufenthalt in den besten Autowerkstätten des italienischen Königreichs hatte erwerben können.

Verzückt lauschten die Offiziere dem Vortrag des genialen Bäckers, und von diesem Redefluss betört und wahrscheinlich auch von den geschickten Bewegungen dieser Hände, die die lustigen Brote für ihr Kasino geflochten hatten, betrauten sie ihn prompt mit der Aufgabe, die Autos zu neuem Leben zu erwecken.

Ganz wie ein Theaterdirektor, der sein Ensemble engagiert, stellte nun mein Vater für diese Farce einen Trupp aus seinen treuen Freunden zusammen, so dass Marione, Teresio und Toni sich künftig nicht mehr mit weißem Mehl bestäubten, sondern sich mit schwarzem Öl beschmierten und als ehemals kundige Bäcker nun als ebenso kundige Automechaniker eine neue Verwendung fanden.

Diesmal war es Marione, der aufmerksam den Erklärungen lauschte, mit denen mein Vater ihm und seinen Freunden den simplen Trick verriet, wie man die Klapperkisten in Gang brachte, und es war nun an ihm und den anderen, all das Getue, die sinnlosen Handgriffe und die Manöver nachzuahmen, die mein Vater sich ausdachte, um zu rechtfertigen, warum sie unendlich viel mehr Zeit brauchten als die wenigen Minuten, die zum Anlassen des Motors nötig waren, und warum sie auseinanderbauten, wieder zusammensetzten, Filter säuberten, kalibrierten und all die anderen Notlösungen anwandten, durch die die vorgebliche Reparatur eines jeden Lastwagens zu einer Gelegenheit wurde, einen Großteil des Tages herumzubringen, während sie darauf warteten, dass die Zeit verging und ein Abtransport nach dem anderen erfolgte, ihre Gruppe jedoch einen Vorwand und einen Grund hatte, untrennbar zusammenzubleiben.

Wie bei der Vorführung eines Zauberkunststücks ließen mein Vater und seine Freunde nun auf dem Kasernenhof einige Dutzend alte Laster verschwinden und wiederauftauchen, krochen unter deren Bauch und schraubten harmlose Bolzen ab, um die Soldaten und Offiziere zu verwirren und ihre Dankbarkeit zu erringen, mit der die Gefangenen am Ende belohnt wurden, weil sie etwas in Ordnung brachten, was bereits bestens funktioniert hatte.

Wie geplant, fuhren die vier tatsächlich erst mit dem letzten Transport ab, und dank des Vertrauens, das sie sich erworben hatten, wurde ihnen auch die Aufgabe übertragen, zwei der fünf Wagen zu lenken, mit denen sie das Atlasgebirge durchqueren und zu ihrem neuen Ziel in Marokko gelangen sollten.

Später erzählte mir mein Vater, er habe gerade damals

begriffen, wie sehr seine lange Reise durch die Berge am Steuer eines Lastwagens ihm jene Liebe zur Schiffahrt nähergebracht habe, die sein seefahrender Großvater der Familie vererbt hatte, ein Gefühl, das auch ich jedesmal deutlich spürte, wenn ich ihn, übrigens schon als kleiner Junge, auf seinen Fahrten im Lieferwagen begleitete.

So übertrug ich die Geschichte von seinen Reisen durch Afrika häufig auf die vertrauteren Fahrten, auf die er mich eben in der stillen Hoffnung mitnahm, seine Passion an mich weitergeben zu können. Da war das aufregende, geheimnisvolle Gefühl der Erwartung, der Duft der frühen Morgenstunden, wenn ich seine weckende Hand spürte und ihn flüstern hörte, dass es Zeit sei, loszufahren. Und dann, sobald der Motor angesprungen war, das berauschende Wissen um den Weg vor uns, um eine besondere Zeit voller Geduld und neuer Landschaften, voller Überraschungen und Langeweile, voller Müdigkeit und Heimweh.

Während mein Vater seinen Lastwagen auf schmale Straßen lenkte, auf die sich selbst ein Personenwagen selten traute, erinnerte er sich an die Saumpfade des Atlasgebirges und lachte über meine Furcht, wenn ich zu einem kaum mit Schotter bedeckten Rand unmittelbar über einem Steilhang oder über dem Schwarz eines Alpensees hinschielte. Und in jenem Moment begriff ich den Sinn dieser Reise, alles, was uns in der Komplizenschaft ungesagter, doch gleichwohl geschriebener und gerufener Worte verband, die viel kräftiger und lauter waren als das Stampfen des Dieselmotors, das noch während der Rast im Kopf dröhnte wie ein ganzer Schiffsmaschinenraum.

Auf dem Beifahrersitz reiste ich mit ihm ein Stück durch sein Leben, und ich sah seine Tricks, sah seinen Schweiß, hörte die verrückten Lieder, mit denen er Schlaf und Erschöpfung vertrieb, hörte wahre Geschichten und Lügen und Flüche und Gebete und Schreie, dieselben, die er seinen Beteuerungen zufolge in Mariones Richtung ausgestoßen hatte, als er die Maschinengewehre des Jagdflugzeugs sah, die auf dem Führerhaus ihres alten Lancias tödliche Linien zogen.

Bevor sie die Kaserne verlassen hatten, war ihnen ein gigantisches »P« auf die Rückseite ihres Arbeitsanzugs gemalt worden, ein Zeichen, das sie auch in Momenten scheinbarer Freiheit als Kriegsgefangene auswies. Sie erreichten Marrakesch nach einer mehrtägigen Fahrt, auf der sie durch Berge fuhren, die meinen Vater an den vertrauten Kreis erinnerten, der drohend sein Heimatdorf überragte. Eine Kolonne von fünf Lastwagen, mit einer Fracht aus gefangenen Männern, die auf die Panoramen jenes Teils von Afrika starrten und versuchten, Langeweile und Heimatlosigkeit mit Liedern zurückzudrängen, die stärker waren als das Unbehagen, stundenlang auf schrecklichen Straßen durchgeschüttelt zu werden, und dies im Lärm der sich auf den Saumpfaden vorwärtsquälenden Motoren.

Trotz allem, trotz der Strapazen dieser Reise, trotz der Belastung, Dutzende von Leben auf der Ladefläche zu transportieren und ihre Stimmen zu hören, spürte mein Vater ein seltsames Gefühl von Freiheit in sich aufkeimen, etwas, was den riesigen Buchstaben auf seinem Rücken auslöschte und die Ungewissheit einer Zukunft entschärfte, die er nicht genau kannte und die eben darin bestand, Auto zu fahren, die Hände fest auf dem Lenkrad zu halten und Kupplung, Bremse und Gaspedal zu bedienen, um mit dem schnaubenden Lastwagen zugleich das eigene Leben und das von Marione und den anderen zu steuern.

Wenn morgens die ersten Sonnenstrahlen auf täglich andere Landschaften fielen, spürte er ein Gefühl von Glück, und er stand mit dem grenzenlosen Vergnügen auf, einen neuen Tag und einen neuen Weg vor sich zu haben; er wusch sich den letzten Schlaf mit einigen Spritzern des Wassers aus dem Gesicht, das er dann auf der Fahrt trinken würde wie einen kostbaren alten Wein, und noch vor allen anderen ging er zu seinem Wagen und zelebrierte seine Stellung als Fahrer, indem er ihn durchsah, ihn, wenn nötig, reparierte und auftankte und pflegte, wie ein Beduine das Kamel pflegte, auf dem er mit der übrigen Karawane durch die Weiten der Wüste zog.

So wie das Kamel für den Kameltreiber war dieser Lastwagen für meinen Vater während der ganzen Zeit, in der die Gefangenschaft und die Grausamkeit der Menschen ihn in Marokko festhielten, ein treuer Freund, war sein Zuhause, seine Zuflucht und seine Sicherheit, war ein Teil von ihm, mit dem er versuchte, der Unterdrückung zu entfliehen, denn nichts gab ihm so sehr das Gefühl von Freiheit, wie wenn er die nötigen Vorkehrungen traf, um den Motor anzuwerfen, Druck abzulassen und Diesel in die Einspritzdüsen zu pumpen, die Hände auf das Lenkrad zu legen und einige Minuten zu warten, bevor er das Dröhnen in Gang setzte, das dann jede Angst, jeden Zwang und jede Grenze übertönte. Sein Leben lang spürte mein Vater jedesmal, wenn er bei einem gründlich warmgelaufenen Motor die Bremse löste und die Räder anfingen sich zu bewegen, das gleiche Sehnen wie damals, als die Liebe des Capomastro und meiner Großmutter ihn in die Welt geschleudert hatte: das Gefühl einer Leere, die endlich ausgefüllt werden musste, eines Meeres, das befahren werden musste, während er dem Band einer Straße folgte, entschied, wann zu bremsen und wann zu beschleunigen sei, den Takt des Motors überwachte wie ein Dirigent das Tempo seines Orchesters und dabei allem zu entfliehen suchte und das Unglück an der Nase herumführte und es austrickste.

Den Tod nicht, sagte er zu mir. Der Tod hat weder Augen noch Ohren, er kümmert sich um keinen Rhythmus und keine Straße. Er rechnet nicht, hat nicht die Intelligenz einer Illusion und auch nicht die Schwäche, die das Leben sich erlaubt, nicht die Ausflüchte, die es uns bietet, nicht die Bereitschaft, mit der es zuweilen hinnimmt, dass man es betrügt. Wie in den schwarzen Aufschriften, die der Faschismus groß an den Hauswänden in Städten und Dörfern hinterließ, schert sich der Tod um gar nichts.

Dem Band einer Autobahn folgend, in einem Nebel, der uns in eine Flasche Mandelmilch getaucht hatte, erzählte mir mein Vater nahezu schreiend, um den Motorenlärm zu übertönen, von Mariones Tod. Er hatte neben ihm gesessen, erzählte er, direkt zu seiner Rechten, so wie nun ich, und zusammen waren sie mit einer Ladung Holz zum Hafen gefahren. Es war ein heißer, ruhiger Tag gewesen, geradezu faul im langsamen Ablauf der Stunden. Man verlangte ihnen nicht mehr ab als diese einfache Arbeit als Fahrer, hin und her zwischen Hafen und Stadt, ohne Mühe. Sie mussten nur zur Mole an den Warenlagern fahren, den Laster in eine günstige Position vor die Holzstöße manövrieren, die Fracht überprüfen und die Seitenwände öffnen und schließen. Dann ging es zurück in die Stadt und zum Sägewerk, um neu zu laden und wie das Schwungradauto eines Kindes die Tour wieder von vorn zu beginnen, hin und her, solange die tägliche Schicht dauerte.

Die Straße fiel ruhig und breit zwischen den Häusern

der Vorstadt ab, um nach einigen scharfen Kurven und einer Strecke von dreihundert Metern, die geradewegs zu den Lagerhallen führte, an den Kais anzukommen. Mein Vater saß am Steuer, und Marione erzählte ihm wie immer von den Frauen aus Florenz, von Morena, die eifersüchtig war, von Luisa, die ihn liebte, doch verheiratet war, und von Marcella, der Tochter des Buchhalters, an deren Gesicht er sich wegen der Entfernung fast schon nicht mehr erinnerte.

Marione erzählte, und mein Vater am Lenkrad hatte das Lächeln dieser Mädchen vor Augen, sah die Brüste und die sanften Kurven der Hüften vor sich, die sich auf den Straßen von Florenz und auf dem Pflaster der Piazza della Signoria bewegten, wo er, bevor er zur militärischen Ausbildung nach Rom gefahren war, Station gemacht und ein Eis gegessen hatte, dessen Geschmack er noch immer im Mund hatte.

All dies hatte er vor Augen, und vielleicht sah er den Jagdflieger deshalb erst, als er schon vor ihnen war, tief wie ein Falke, der im Begriff ist, einen Hasen zu packen. Das Dröhnen des Lancias übertönte alles andere, so dass das, was man über dem Armaturenbrett hinter der Scheibe sah, eine nahezu lautlose Welt war, von der man nur Bewegungen und Farben wahrnahm.

Alles ging sehr schnell, es dauerte nicht länger als ein Gähnen oder ein Niesen. Der Jagdflieger tauchte wie aus dem Nichts vor ihnen auf, und im selben Augenblick kratzten zwei Maschinengewehrgarben unter den Flügeln hervor über die Straße. Mein Vater sah gerade noch die fliehenden Menschen ringsumher – Farbtupfer, die sich auf den Boden warfen, in Gräben sprangen und sich gegen kleine Mauern drängten. Er sah, wie sich die zwei Staubsäulen vor dem Fahrerhaus im Nu ausbreiteten, dann hörte er das Geräusch von zerbrechendem Glas und berstendem Blech, als triebe man plötzlich eine Reihe Nägel in das Dach über seinem Kopf.

Mit den Händen am Lenkrad eines anderen Lasters brachte mein Vater unser Auto beinahe ins Schleudern, als er mir das Manöver zeigte, mit dem er Deckung vor den Geschossen gesucht hatte, und rief mir die gleichen Worte zu, die er damals Marione zugeschrien hatte, damit dieser hinaussprang, während mein Vater sich schon im Graben neben der Fahrbahn duckte. In diesem Versteck blieb er noch eine Weile, nachdem der Flieger wieder verschwunden war, angespannt auf das sich entfernende Brummen lauschend, während Entsetzen seinen Körper lähmte. Dann erst fiel ihm sein Kamerad wieder ein, und er begann dessen Namen zu schreien, ihm eine Stimme zu geben, damit er begriff, wo er geblieben war.

Die Luft am Hafen stand still, und ihm schien, als wäre alles starr und stumm. Nur er bewegte sich, kletterte aus dem Graben und ging zu dem Laster mitten auf der Straße. Auf den wenigen Metern, die ihn von der Fahrerkabine trennten, sah mein Vater mehrere junge Mädchen, die sich an das Blech des Lancias lehnten und sich freundlich unterhielten, einige von ihnen mit einer Zigarette in der Hand. Eine hatte Morenas Gesicht, das von dem Photo, das Marione ihm mehrmals gezeigt hatte, nachdem er es jedesmal mit größter Behutsamkeit aus seiner Brieftasche gezogen hatte, als wäre es sein letzter Geldschein. Ein anderes Mädchen stand etwas weiter weg und aß Brot, das ihr ein alter Mann mit einer weißen, mehlverstaubten Schürze vor dem Bauch gegeben hatte.

Backofengeruch stieg ihm in die Nase, und mit diesem

Geruch kam das Sehnen, mit dem mein Vater für gewöhnlich die Angst vertrieb. So fand er den Mut, hinzuschauen und der Kette der Einschusslöcher zu folgen, die von der Straße bis zum Fahrerhaus reichte, es erklomm, indem sie Blech und Glas durchstichelte, dann in den Lastwagen vordrang und sich auf den Körper des Freundes legte.

Mit einer Hand, während die andere fest auf dem Lenkrad lag, zeichnete mein Vater zwei imaginäre Linien in die Luft unserer Fahrerkabine, von denen eine mich von der Brust bis zum Kopf traf, während die andere seinen Sitz streifte und sich hinter der Ladefläche verlor, ohne ein Warum, ohne eine Erklärung, alles nur eine Frage der Geometrie, der Willkür; eine Spur, aus keinem anderen Grund hinterlassen, als sein Leben zu verschonen und das von Marione fortzunehmen.

12

DAS GELD, das vom Verkauf des rosa Häuschens erlöst worden war, wurde fast vollständig in die Brennerei von Onkel Tonio investiert, der meiner Großmutter hoch und heilig eine Beteiligung an dem neuen Unternehmen versprach, ohne diese Absicht freilich jemals beurkunden zu lassen. Attilio hatte keine große Lust, in das geplante Geschäft seines Bruders einzusteigen. Der Handel, mit dem er den Wein seines Landstrichs in diese Bergregion gebracht hatte, war nie in Schwung gekommen, und dies nicht etwa, weil Attilio schlechte Ware angeboten hätte, sondern paradoxerweise ganz im Gegenteil: Die seit Jahrhunderten an ein schwieriges und hartes Dasein gewöhnten Menschen hatten angesichts des neuartigen Geschmacks dieses Nektars, den sie als weit, offen und sonnig empfanden, nun ein Gefühl von Unzulänglichkeit und fast schon Scham, wie jemand, der mit zerschlissenen Kleidern und dreckverschmierten Schuhen in ein strahlendes, duftendes Zimmer gebeten wird. Der Körper dieses Weins ließ die Bergbewohner zurückschrecken, als sähen sie sich einer allzu schönen Frau gegenüber, und anstatt einen Moment des Genusses und die aufregende Möglichkeit der Begegnung und des Ausbrechens zu verheißen, löste er in ihnen wahrscheinlich einen Impuls schüchterner Abschottung aus, ein verlegenes Unbehagen, das es Attilios Handel unmöglich machte, je richtig zu expandieren.

Eigentlich hätte der spärliche Gewinn, den Attilio mit seiner Tätigkeit erwirtschaftete, ihm bei seiner spartanischen Lebensart voll und ganz ausgereicht; ihm genügte bereits das Gefühl von Abenteuer und Unabhängigkeit, das ihn überkam, wenn er auf die Suche nach der besten Ware ging, wenn er über ihren Kauf verhandelte, sie bezahlte und sie dann, nachdem er sie in kleine Ladungen aufgeteilt hatte, auf dem Maultierrücken auf Reisen austrug, die durchaus einige Wochen dauern konnten. Dabei fand Attilio, von der kaufmännischen Seite abgesehen, sein Vergnügen an den unzähligen Gesprächen, in denen er seinen Wein präsentierte, an den Hunderten von neuen und alten Gesichtern, am Händedrücken, an halbgeöffneten Haustüren, an Kneipenlärm und feuchtem Schimmelgeruch in den Kellern.

Doch dieses Vergnügen, das eigentlich der einzige Gewinn aus seinem Handel war, legte sich allmählich, vornehmlich wegen Attilios Unbeständigkeit, begann er doch in dem Moment, da sein Bruder so gut wie alles Geld in die neue Brennerei steckte, ein unwiderstehliches Interesse für den Maschinenbau zu entwickeln, für die Funktionsweise und die Reparatur von Motorrädern, für die Mechanismen, aus denen sie bestanden und die sie in Gang setzten.

Aus diesem Grund richtete Attilio in einem der Räume im Erdgeschoss des Hauses, in dem die ganze Familie wohnte, eine Werkstatt ein, ein kleines Paradies, das nach seiner Vorstellung schon bald der Anlaufpunkt für jeden Motorradfahrer sein sollte, den es in diese Gegend verschlug. Sein Haus lag nämlich genau am Eingang des kleinen Dorfes am Fuß der Alpen, dort, wo die lange, gerade Straße aus der Stadt ankam und in einer Kurve von neunzig Grad steckenblieb, in einem plötzlichen Richtungswechsel, der die Fahrer von Autos und Motorrädern nach der langen Fahrt auf der Geraden zu einem jähen Herumreißen des

Steuers zwang, was, besonders bei schlechtem Wetter, zu Ausrutschern, Unfällen und Stürzen führte, die nicht selten direkt vor der Tür von Attilios Werkstatt endeten.

Über diese hatte er ein riesiges, offensichtlich selbstgemaltes Schild gehängt, auf dem zwischen zwei schwarzen Pfeilen, die auf die darunterliegende Tür wiesen, in Grellrot die Aufschrift »Reparaturen« prangte. Der Blick dessen, der auf der Schotterstraße angerast kam, traf also auf die tückische Kurve und dann auf das bunte Schild, das bei der rapiden Annäherung groß und größer wurde, so dass die beiden auf den Eingang gerichteten Pfeile eher das gebieterische Aussehen eines Befehls annahmen, als dass sie eine Dienstleistung in Aussicht stellten.

Tatsächlich eilte Attilio mehr als einmal und mit einem diebischen Vergnügen den Pechvögeln zu Hilfe, die an dieser gefährlichen Stelle ins Schleudern geraten waren, sorgte dafür, dass ihre Motorräder repariert wurden und oft auch dafür, dass die Fahrer selbst wiederaufgerichtet wurden, mit denen er über Gangschaltungen und Bremsen, Vergaser und Lenktechniken fachsimpelte. Da das Dorf zudem ungefähr auf halber Strecke zwischen der Stadt und den Bergen lag, wurde Attilios Werkstatt sehr bald zum Treffpunkt für die Motorradfahrer, die sich gern aus dem Chaos der Stadt verabschiedeten, um stundenlang über die Straßen ins Gebirge zu brausen, wobei sie rasant oder im Schrittempo in die engen Kurven gingen, die es ermöglichten, bis zu den selbst im Sommer schneebedeckten Hochebenen hinaufzuklettern, und sich dann im Geschwindigkeitsrausch Hals über Kopf wieder talwärts zu stürzen.

Den Augen meines Vaters, der damals noch ein Junge war, entging nichts vom Zauber dieses Ortes, dieser zwei Räume, in denen häufig zu einem Klumpen verschraubte, leblose und erschöpfte Metallteile mit Geduld und Geschick auseinandergenommen, überprüft und zurechtgeschnitten wurden, um schließlich wieder so zusammengebaut zu werden, dass sie neue Kraft und Bewegungsfähigkeit erlangten. Der Geruch nach Öl und Benzin, das Klingeln des Werkzeugs, das Dröhnen der anspringenden Motoren, all das war wie ein wunderbares, aufregendes Spiel, so zauberhaft wie das Geheimnis der Knoten, das Mondo ihm hinterlassen hatte. In den Stunden, die er in dieser Werkstatt verbrachte, bis Onkel Attilios Unbeständigkeit und Mariannas Unvermögen ihr Ende besiegelten, kam mein Vater zum erstenmal mit einem ausschließlich männlichen Universum in Berührung, in dem die Atmosphäre einer Freistatt herrschte, wo nur Bleiberecht besaß, wer die wichtigen Dinge des Lebens kannte, wer Kraft und ölverschmierte Hände hatte, wer über die Geheimnisse des Lebens und des Sterbens verfügte und wer wusste, wie man mit Motoren umging und mit Frauen – diesen Wesen aus einer Welt für sich, ausgeschlossen von der Bühne der Werkstatt, auf der aufzutreten ihnen, ganz wie einst im Theater, verwehrt war.

An diesem Ort für Eingeweihte, zwischen dem Stampfen der Kolben und dem Kreischen einer Fräse, zelebrierten die Gespräche, die das Motorentuckern begleiteten, eine angebliche Kondition der Stärke, und das Lächeln, das die Reden der Männer begleitete, besiegelte oftmals eine Angelegenheit, über die man aus Anstand oder Respekt oder Großzügigkeit nicht sprach, über die man aber stillschweigend Bescheid wusste und die man folglich nicht zu erläutern brauchte, besiegelte den Gegenstand einer Komplizenschaft, der wer weiß was für Leben und wer weiß was für Abenteuer ahnen ließ.

Durch die Reden der Männer in dieser Werkstatt lernte mein Vater mit dem Rätsel der Motoren zugleich auch die Frauen kennen, und er lernte sie eben als eine Sache kennen, die schwer zu handhaben war, als etwas, was Einfallsreichtum und Geduld, Feingefühl und Entschlossenheit erforderte, etwas, was vielleicht genau wie ein Motor Herzklopfen und Vergnügen bescheren konnte, vorausgesetzt, man kannte seine Mechanismen von Grund auf und konnte es bändigen. Und so lange bis seine Liebe zu Aisha ihn mit einem Gefühl konfrontierte, das jede Beschleunigung aufhob, war mein Vater mit derselben Einstellung hinter den Frauen her, mit der er auf den Motorrädern aus Attilios Werkstatt auch auf Geschwindigkeit aus war, ohne einen Gedanken an die Welt zu verschwenden, die an ihm vorbeiflog, ohne sich um das Vorher und das Nachher zu kümmern, ohne die Gefahren zu bedenken.

Und so, wie mein Vater sich bemühte, bei der Reparatur der Motoren in der Werkstatt allein auf die Lösungen zu kommen, nachdem er das Herumhantieren seines Onkels aufmerksam beobachtet hatte, erprobte und verfeinerte er auch seine Verführungskünste beim Entlocken eines Mädchenlächelns mit immer neuen Mitteln, indem er den Willen seiner Beute mit seiner Heiterkeit, mit der Gewandtheit des Taschenspielers und mit der Kunstfertigkeit, die er von Mondo hatte, umgarnte, und er band die Sehnsüchte der Frauen an sich, als wären sie auf den Kai geworfene Leinen.

Geschickt ließ er seine Worte in die Falten der verborgenen Phantasien eines Mädchens schlüpfen, wie ein Taschendieb seine Finger in eine Jacke oder eine Handtasche gleiten lässt, und wenn er mit seinen von Fröhlichkeit gerundeten Wortgirlanden gehörig Eindruck gemacht hatte, dann glitten seine Hände über die Rundung einer Hüfte oder in die Weichheit eines Busens.

Die Liebe zu den Frauen, erklärte er mir, sei etwas ihm Angeborenes, das Erbe jenes Sehnens, das ihn gezeugt hatte – und das oft ein Mittel gegen seine Angst sein sollte –, desselben Sehnens, das er auch empfand, wenn er der Bewegung eines Motors folgte, wenn er sich einen neuen, verblüffenden Knoten ausdachte oder wenn er versuchte, sich in dem unverständlichen Durcheinander von Onkel Attilios Erfindungen zurechtzufinden.

Und dieses Sehnen, dieses urwüchsige Gefühl vergnügter Lust bewahrte er sich auch noch in den Jahren, als er mit mir durch die Spelunken in unseren Bergen zog, um seine Waren zu verkaufen, an Orten, wo die Sonne kaum hinkam und wo mit seinem Frohsinn und mit seinem klapprigen Lieferwagen voller Branntwein statt dessen er erschien. Er kam in das Dorf wie ein seit Jahren bekannter Wind, wie ein angeheirateter Verwandter, der in regelmäßigen Abständen auftauchte und Freude und gute Laune verbreitete, die in den von ihm erfundenen Wunderdingen und in den Wortspielen verpackt waren, in den übertriebenen, verlogenen Komplimenten, die er über seinen Kundinnen ausschüttete, diesen Frauen aus den Bergen, verschlossen, störrisch, wie aus Stein.

Und so, wie er es schon als junger Mann vermocht hatte, jeden Widerstand und jedes Hindernis zu überwinden, indem er mit Motorradgedröhn zum Lächeln einer Frau kam oder indem er unbemerkt hinter sie glitt, als wäre er wie im Traum aus einer Wolke erschienen, zog er nun in den an den Bergwänden klebenden Dörfern ein, effektvoll wie ein kleiner Zirkus an einem Feiertag, und mit seiner glitzernden Jahrmarktssprache schlug er eine Bresche in den Stein seiner ungeschliffenen Kundschaft und hätschelte sie mit seinem üblichen Wortgeflatter, mit Komplimenten und Schmeicheleien, die dermaßen unverschämt waren, dass sie freiheraus gesagt werden konnten, gerufen und unverhohlen losgelassen zwischen den Steinhäusern dieser Gegend, in dunklen Kellern und in von Rauch und Traurigkeit schweren Wirtschaften.

Er war das Rendezvous dieser Frauen mit ihren Träumen, mit den Geschichten, Späßen und unvermuteten Dummheiten, denen sie doch gern Glauben schenkten und denen sogar ihre Ehemänner, eingelullt von seiner guten Laune, eine beträchtliche Geduld entgegenbrachten, denn da war etwas, was den engen Horizont ihres Lebens erweitern konnte.

Auch ich übte vom Sitz des Lieferwagens aus oder im Winkel eines Wirtshauses sitzend ausgiebig die besagte Geduld, gespannt darauf, zu sehen, wie weit mein Vater die schelmische Unverschämtheit treiben würde, mit der er Garstigkeit, schlechte Laune, Widerspenstigkeit und grobe, engstirnige Naturen zähmte und auch den Schmerz eines Trauerfalls, einer Krankheit oder einer Trennung, und amüsiert beobachtete ich, wie er seine Ware an den Mann brachte, ein Darlehen einstrich und ein Versprechen ergatterte, während er im Herzen und auf den Körpern dieser Frauen das unauslöschliche Zeichen seiner Worte, seiner Stimme und seiner Hände hinterließ, die sie an seinen Lieferwagen gebunden hatten.

13

Mein Vater erzählte mir zum erstenmal von Monsieur Laplace, als ich ihn auf einem seiner Fischzüge begleitete. Der Wildbach stürzte steil und weißschäumend aus den Bergen herab, und in der heftigen Strömung auf den Steinen hüpfend ließ mein Vater die Angelschnur zischen, wenn er den Köder ins Wasser schleuderte. Er verwendete eine kleine Glasfaserrute und einen Spinner, den er schnell und unentwegt auswarf und wieder einholte.

Ich beobachtete ihn aufmerksam vom Ufer aus, und als ich ihn wie eine Gemse auf den glitschigen Felsbrocken stehen sah, war mir, als entdeckte ich hinter der Gestalt dieses vierzigjährigen Mannes den Jungen, den ich mir als Protagonisten seiner Halbwahrheiten, seiner nie zusammenhängenden und auch nie vollständigen Geschichten vorgestellt hatte. Ich sah ihn in den präzisen, raschen Gesten, mit denen er die Angelschnur führte, in der Leichtigkeit, mit der er sich bewegte, in jener Art von rituellem Tanz, der ein Wissen und eine Sicherheit verriet, die mich verstörten und anrührten, weil sie der Ausdruck sowohl einer beruhigenden Vertrautheit als auch einer fremden Welt waren.

Als hätte er meine Verwirrtheit gespürt, richtete mein Vater mitten im Schaum stehend seinen Blick auf mich. Eine Sekunde später saß er bei mir, auf meinem Stein, und schüttelte den Kopf und schnaubte und erklärte mir fluchend, warum an dieser ungestümen Flussbiegung die Forellen gar nicht daran dachten, sich von einem blinkenden Stück Blech hereinlegen zu lassen.

Mit einer Geste zum Wasser hin sagte er, dieser Ort sehe genauso aus wie der Wildbach, der in dem Land an den Hängen des Atlasgebirges floss, nicht weit von dem Sägewerk entfernt, in dem er gearbeitet habe, als er in Gefangenschaft gewesen sei. Ein Schaumgebrodel, fügte er hinzu, schön anzusehen, stark und heftig, doch von Fischen keine Spur. Er starrte einen Augenblick auf das Wasser, als suchte er dort nach Worten oder Momenten, die er tief in sich ertränkt hatte. Dann begann er, mir von Monsieur Laplace zu erzählen.

Er lernte ihn an einem Dienstag kennen, was er sein Lebtag nicht mehr vergessen sollte, denn abergläubisch, wie er war, bestätigte ihm dieser Zufall, wie verhängnisvoll dieser Wochentag für das menschliche Schicksal sei.

Mit ihrem klapprigen Lastwagen durch das Atlasgebirge zu fahren, war ein schwieriges und atemberaubendes Spiel. Damals war Marione noch am Leben, immer da, um ihn bei ihrer langsamen, schaukelnden Fortbewegung, die alle Merkmale einer Schiffahrt durch die Träume trug, am Lenkrad abzulösen. Trotz der Realität um sie her, dem Stahl des Fahrgestells, dem Gestank des Diesels, den Staubwolken und einem uferlosen Meer von Steinen waren das ferne Auftauchen der Gipfelumrisse, der klare, sternenbestickte Himmel und die stetige Bewegung, mit der sie sich durch einen unendlichen Raum fraßen, für ihn das Geschenk eines Umherziehens, das er am liebsten sein Leben lang fortgesetzt hätte.

Denn wirklich wie im Traum hatten sie Orte und Situationen gestreift, die derart ungewöhnlich und von so durchdringender Schönheit waren, dass sie nicht von dieser Welt zu sein schienen und sogar sein großes Erzähltalent in Verlegenheit brachten, einem wie auf dem Silbertablett Häppchen für den Mund, Stapel von Sätzen, Verben, Unterbrechungen und Ellipsen zu servieren, Wörter, die so geschickt und originell miteinander verknüpft waren, dass die Dinge, von denen er berichtete, sich in einer Gegenwart präsentierten, die durch ihre Intensität überraschte.

Wegen dieses Staunens, sagte er, das ihm so gegenwärtig war, als wäre inzwischen überhaupt keine Zeit vergangen, falle es ihm schwer, mir das Gefühl der Unangemessenheit zu beschreiben, das er angesichts mancher endloser Weiten gehabt hatte, und auch die Rührung beim Anblick eines Maulbeerfeigenbaums, der einsam in einem weiten Nichts gewachsen war, und schließlich das hellblaue Licht, das er in den Augen der kleinen Berbermädchen gesehen hatte. Und auch die Zeit, die sich in der Reglosigkeit der Reise auflöste, in Tagen, die auf immer gleichen Strecken fortglitten, während er, sonnentrunken und bedrängt von Hitze und Staub, beim fortwährenden Kreisen der Räder und Motoren sich nicht einmal mehr der eigenen Existenz sicher war, wenn er unter einer Decke auf dem nackten Boden lag und das Gefühl hatte, schaukelnd auf der Oberfläche der Welt zu treiben wie ein Schiffbrüchiger auf dem nächtlichen Ozean.

In diesem Dahinfließen hätte er sich gern verloren, hätte sich wie ein steuerloses Boot gern forttreiben lassen in der milden Wärme aus Himmel und Staub, aus Sternen und Schweiß, aus Stille und Entfernung, schwebend wie einst im Bauch seiner Mutter, damit beschäftigt, mit Mondos Knotenkünsten die Zeit totzuschlagen. Sein Ankerplatz war Marione, waren seine Flüche und sein Brummen, das ihn nach wenigen Stunden Schlaf morgens weckte, und bald waren sie beide wieder bereit, sich, begleitet vom Stottern des Diesels, in die vor ihnen liegende Strecke einzufädeln.

In Marrakesch schlug ihnen die Wirklichkeit wie eine Ohrfeige ins Gesicht, denn sie bestand aus den Mauern einer verschlossenen Kaserne, in der sie eine endlose Woche lang auf neue Anordnungen warteten und erneut die üblen Scherze der Wachen ertragen mussten. Dann, eines Morgens, war Markt: Ein Soldat befahl ihnen und den anderen vier Gruppen, mit denen sie im Konvoi gekommen waren, sich in Reih und Glied vor den Lastwagen aufzustellen und auf die Leute zu warten, für die sie arbeiten sollten.

Für eine halbe Stunde verwandelte sich der Kasernenhof nun in einen Basar, auf dem ihr Leben verscherbelt werden sollte. Die Papiere in der Hand, prüften die neuen Besitzer zusammen mit einem Offizier jedes Dokument, stellten ihnen wenige, kurz angebundene Fragen zu ihren Kenntnissen und Fähigkeiten, musterten den Zustand der Fahrzeuge und ließen schließlich ein Urteil und eine Entscheidung verlauten. Ein hochgewachsener Mann um die Fünfzig mit einer sorgfältig gekämmten, dichten weißen Mähne, einer schweren Jacke und einer Hose aus Barchent unterhielt sich etwa zehn Minuten mit einem Offizier, bevor er sich zu meinem Vater und Marione umwandte und mit drei schroffen Handbewegungen auf sie und den Laster wies.

Damals, beim Angeln am Wildbach, schien mein Vater von einer Unruhe gepackt zu werden, die ich nicht an ihm kannte. In seinen Augen glänzte etwas wie Wut auf und sicherlich, so vermute ich heute, Ärger über sich selbst, weil er nicht verstanden hatte, weil er, der mit allen Wassern gewaschen war, sich vom Schein der Dinge hatte trügen lassen. Er schüttelte den Kopf, wie um einen lästigen

Gedanken zu verscheuchen, die Versuchung, eine andere Version in Betracht zu ziehen, die er mir – oder sich – erzählen konnte. Doch an jenem Tag hatte er wohl beschlossen, seinen Erinnerungen in dem vor uns dahinströmenden Wasser freien Lauf zu lassen.

Er sprach mit einiger Verlegenheit, weil ihm die erste Begegnung mit Monsieur Laplace trotz der herrischen Gesten nicht unsympathisch gewesen war. Mit einiger Überwindung, als beichtete er eine Sünde, erklärte er mir, dass manchmal schon eine Kleinigkeit, eine Farbe, ein Klang, uns täuschen und unser Herz bestricken kann. Ausgerechnet er, der Meister des Schwindels und des faulen Zaubers, hatte sich von einem Detail blenden lassen, das ihn weit von dem Abgrund ablenkte, der sich vor ihm auftat. Es war die Jacke von Monsieur Laplace, die ihn täuschte, denn sie erinnerte ihn an die von Attilio und brachte unversehens die beruhigende Stimmung der Vertrautheit und der Zuneigung zu dem genial verrückten Onkel an diesen entlegenen Ort in der Fremde.

Daher war mein Vater glücklich, als er dem Auto seines neuen Herrn auf der Straße in die Berge folgte, und er war froh, ein neues Abenteuer zu beginnen und ein Gefangener zu sein, der immerhin die Freiheit hatte, einen Lastwagen zu lenken, zu unbekannten Orten zu fahren und die langsame Zeit der Gefangenschaft auf eine Weise herumzubringen, die ihm – hinter einer Jacke, die ihm von seinem Zuhause erzählte – erträglich erschien.

Sein Glück steigerte sich noch, als sie in dem großen Sägewerk ankamen, das auf einer schönen Hochebene unmittelbar an den Hängen des Atlas lag. Das Lagerhaus, zu dem Monsieur Laplace sie brachte, hätte ohne weiteres Onkel Attilios Werkstatt sein können. Die gleiche Unordnung, das gleiche Durcheinander von Apparaturen und nie gesehenen Gerätschaften, die vertraute Atmosphäre eines Chaos, das ein ergiebiges Terrain für die Neugier meines Vaters war.

So wie sein alter Chef es damals getan hatte, zeichnete er nun auf einem Stück feuchter Erde am Ufer des Wildbachs mit einem Stock die Linien auf, die jahrelang die Grenzen seiner Gefangenschaft markiert hatten, eines geräumigen Gefängnisses, das vom Sägewerk über das Tal hinunter bis zur Stadt und darüber hinaus reichte. Auf diesem Weg sollten er und Marione das bearbeitete Holz transportieren, und ihre einzigen Barrieren waren das riesige P auf ihrem Rücken, der Befehl, sich jeden Abend bei Monsieur Laplace zu melden, und die Androhung der Erschießung im Falle eines Fluchtversuchs.

Bei diesen Worten zuckte mein Vater wieder nur mit den Schultern, eine Geste, mit der er den Sinn und die Bedeutung der Dinge weit von sich wies und die mir zeigte, wie unverständlich und sinnlos es in seinen Augen war, zu fliehen und sich wie viele seiner Kameraden unentwegt in der Hoffnung zu verzehren, eine angebliche Freiheit wiederzuerlangen, die ihn nicht berührte, die ihm fremd und fern war, ihm, der im Grunde schon seit jeher auf der Flucht war.

Italien, seine Gerüche, das Haus und sogar die Gesichter der Verwandten hatten sich im Raum neuer Landschaften aufgelöst, Erinnerungen überlagerten und vermischten sich zu einer Knetmasse, die dem Brotteig glich, den zu backen er in den ersten Monaten seiner Gefangenschaft gelernt hatte.

Außerdem, erklärte mir mein Vater, während er mit dem Stock auf die Zeichnung am Boden wies, war dieses

Gefängnis riesengroß, ein Käfig, in dem er mühelos alles Nötige fand, um seine Neugier, seine Reiselust und seine Sehnsucht nach Landschaften und nach fremden Menschen zu befriedigen, alles, woraus er Lebenskraft und Freude schöpfen konnte und was ihm half, die Monate des Wartens herumzubringen, des Wartens auf das, was kommen würde, auf das, was er sich nicht als eine Rückkehr vorstellen wollte, sondern als eine neue Reise, durch die er für einen Augenblick nach Hause kommen würde, um wieder vertraute Luft zu atmen, einen Kuss auf die Stirn seiner Mutter zu drücken und amüsiert in Onkel Attilios neuesten Schnapsideen herumzustöbern.

Er musste nicht einmal auf seine Tricks als Türschlossknacker zurückgreifen, um sich in der sich hinziehenden, schleppenden Zeit nach den ersten Wochen ausreichend frei zu fühlen, als er, Marione und ihr Lastwagen zwischen den Bergen und der Stadt hin- und herpendelten und so zu alltäglichen Gestalten wurden, zu einem vertrauten Bild in der Landschaft. Nur in den ersten Tagen, als sie in dieser Gegend noch neu waren und auffielen, wurden sie streng kontrolliert und zuweilen barsch von der Militärpolizei angefahren, die ihnen in feindseligen Sätzen ihren Status als Gegner und als Gefangene vorwarf, die den durch ihre Arroganz und den Krieg angerichteten Schaden mit wer weiß wieviel Arbeitsjahren wiedergutmachen müssten.

Doch eigentlich ging dies schon bald in ein Rollenspiel über, das für alle akzeptabel war, und im Rahmen dieses Theaters suchte sich mein Vater den ihm angemessensten Part. Mit dem Lastwagen, dessen Ladefläche ja leer war, wenn sie das Holz von Monsieur Laplace abgeliefert hatten, richtete er einen Transportdienst für die Marokkaner ein, für eine arme Kundschaft, die sich mit ein paar Münzen gern eine Fahrt kaufte und dann auch alle Wunderdinge, die er ihnen auftischte.

Während er mit einem Lächeln auf den Lippen im feuchten Boden am Flussufer herumstocherte, beschrieb er mir das Gewusel auf den Märkten, die unvergleichlichen, erstaunlichen Farben der in der Sonne trocknenden gefärbten Stoffe, die scharfen Gerüche, die aus Dutzenden von Säcken mit fremdartigen Gewürzen aufstiegen, deren Aufreihung einen in seiner Ungewöhnlichkeit atemberaubenden Regenbogen ergab. Schlangenbeschwörer, Geschäftemacher, die Skorpiongift zur Linderung von Liebeskummer und Salamanderpulver gegen Lepra verkauften, und runzlige Greise, die nur ein paar Häufchen Datteln oder Salz mit geheimnisvollen Kräften anboten, typische Gestalten einer Welt, die meinen Vater in ihren Bann zog wie ein Spielzeugladen ein Kind.

Wie schon in Attilios Werkstatt blieb er stundenlang auf diesen Märkten und hielt die Augen offen, sammelte Informationen, erkundigte sich nach den Eigenschaften und der Herkunft der Waren und versuchte, den Zauber und den Geist eines Wissens zu ergründen, hinter dem er uralte, mysteriöse Ursprünge ahnte, dieselben, die er spüren konnte, wenn er nach den Lehren Mondos Leinen zu Knoten verknüpfte. Dann machte sich seine Schwindlernatur das alles zu eigen.

Gern ließ er sich in einem dörflichen Suk von den Attar übers Ohr hauen, bei denen er, wie er mir erzählte, die alchimistischen Geheimnisse wiederentdeckte, die er in Onkel Tonios Brennerei kennengelernt hatte, und er verbrachte seine ganze freie Zeit damit, sich mit diesen Kräuterhändlern über die Dosierung der zahllosen Zutaten zu unterhalten, die man für einen tadellosen Ras al-hanut braucht, lauschte auf dem Platz vor einer Moschee gebannt den Erzählungen eines alten Senegalesen, der behauptete, auf den endlosen Plantagen von South Carolina als Sklave in Ketten gearbeitet zu haben, hörte sich, ungeachtet der Flüche Mariones, stundenlang die Geschichten an, die dieses menschliche Wrack ihm vorsetzte, und berauschte sich an den unwahrscheinlichen Abenteuern, um den Alten schließlich zu entlohnen, indem er ihm zu einem Wucherpreis die riesige Holztruhe mit Beschlägen abkaufte, in der der Mann, wie er beteuerte, die Gebeine seiner Eltern, seiner Onkel und seiner achtzehn Cousins nach Zinguinchor zurückgebracht habe, um sie im Tal von Soungrougrou, wo sie geboren waren, zu bestatten.

Dann verwendete er, während er sich im endlosen Geduldsspiel des Handelns treiben ließ, jeden Erlös aus seinem Transportgeschäft darauf, Kardamom und Safran, schwarzen Pfeffer, Muskatnuss, Zimt, Nelken, Ingwer, Rosenknospen, Kurkuma, Mazis, Schwarzkümmel und Iriswurzel zu kaufen, soviel seine Gauklerleidenschaft davon begehrte und soviel ihm die Farben und Düfte suggerierten, die so intensiv waren, dass sie ihn um den Schlaf brachten; Zutaten und Artikel, die die Überreste der senegalesischen Sklaven in der beschlagenen Truhe ersetzten.

Beflügelt durch diese kunterbunte Kollektion von Substanzen und der ihm vererbten Vorliebe für Tricks und Erfindungen, richtete mein Vater sich in einer Ecke des Schuppens, in dem er mit Marione schlief, eine Art Laboratorium ein, wo er, wie er es bei seinem Onkel gesehen hatte, Essenzen ansetzte, Grundsubstanzen gewann, Gewürze mischte und Aufgüsse herstellte, um Tränke und Elixiere zu brauen, denen er die Namen von Frauen und Motorrädern gab.

Dem Spiel des Zufalls und den Notwendigkeiten des Lebens folgend, wurde mein Vater zum Traumfabrikanten, zum Erzeuger von Düften, Gebräuen und Mixturen, die er, wie er beteuerte, zu Schleuderpreisen für die blauen Augen von berittenen Beduinen, für die runzligen Hände alter Saharaui und für die müden Finger von Tbilattrommlern verkaufte; gesalbt mit diesen Tinkturen mit den unwahrscheinlichen Namen und umschmeichelt von den Empfehlungen, die er zusammen mit diesem Seim wie Segnungen und Gebrauchsanweisungen allseits verteilte, verloren die Augen lästige Krusten, glätteten sich die Hände wie durch einen Jungbrunnen und begannen die Finger wieder kräftig und fröhlich auf Fellen und Darmsaiten den Rhythmus zu schlagen.

Die wundersamen Mixturen wirkten sich ganz nebenher sogar auf Marione aus, der auf seinem Lager neben der Kochstelle zwangsläufig die Dünste und Dämpfe aus den Experimenten meines Vaters einatmete und so im Schlaf die Wohltaten von Erfindungen speicherte, die zwar nicht den Segen der Wissenschaft hatten, wohl aber den Zauber der Phantasie, die Ernsthaftigkeit des Spiels und den Eifer des Verlangens. Der Bäckerssohn, ehemals reizbar wie ein wilder Stier, wurde still und sanft wie ein Lamm und ersetzte die rabiate Erbitterung, mit der er den Krieg, Afrika und die Gefangenschaft ertragen hatte, durch den tiefen Trost der Erinnerung und des Nachdenkens über alles, was das Leben bisher für ihn bereitgehalten hatte.

Liebkost vom Balsam der zahllosen Substanzen, wurde er mit der Zeit so milde gestimmt, dass er endlich fähig war, den Groll und den Unmut abzutragen, den er gegen seinen Vater hegte, in die Zukunft zu schauen wie auf ein faszinierendes Spiel und schließlich mit einer nie gekannten Zärtlichkeit und Liebe an die Dutzenden von Mädchen zurückzudenken, die er gehabt hatte – mit einem Gefühl, das so stark war, dass es angesichts seines vom Maschinengewehrfeuer zerfetzten Körpers noch einmal die Bilder dieser Frauen zu einem letzten, endgültigen Abschied heraufbeschwor.

So transportierten mein Vater und Marione auf der Straße, die aus dem Atlasgebirge hinunterführte, Holz, Marokkaner und eine Truhe voller Zaubertränke in einem Hinundher, das aus Handel, Gefangenschaft und Phantasie bestand und eine Zeit dauerte, die langsam und magisch verging, bis dann Aisha kam, sie meinem Vater das Herz raubte und er am Ende doch gefangen war.

14

Als onkel tonio heiratete, war die Schnapsbrennerei schon einige Jahre in Betrieb, herrlich anzusehen mit ihren funkelnden Apparaturen. Nachdem Tonio sich seinen Traum endlich erfüllt hatte, verwendete er seine Geschicklichkeit und die vorzüglichen, von Meister Bartolini gestohlenen Rezepte auf eine zwar nicht umfangreiche, doch hochwertige Produktion, die er, weniger aus Schamgefühl als vielmehr aus Angst vor juristischen Scherereien, umsichtigerweise neu benannte, wofür er phantasievolle Namen aus den Büchern klaubte, die jahrelang Attilios Abenteuerlust genährt hatten. In den Häusern des kleinen Dorfes am Fuß der Alpen und auf den Konsolen der Wirtschaften in den Bergen tauchten daher Flaschen auf, in denen die Bernsteinfarbe eines Likörs oder die dunkle Flüssigkeit eines Magenbitters an die gotische Atmosphäre in Paris, an die wuchernden bengalischen Dschungel oder an die wilden Handstreiche der vier Musketiere erinnerten und deren knallbunte Etiketten ein wenig Mysterium und Exotik zu den Wirtshausgästen brachten.

Da er sein Ziel erreicht hatte und zufrieden mit seinen erfolgversprechenden Geschäften sein konnte, begann sich Tonio ernsthaft mit dem Gedanken zu befassen, eine Familie zu gründen: Nicht dass er im Grunde seines Herzens auf seine Freiheit hätte verzichten wollen, doch an diesem Punkt seines Lebens, als ein schon reiferes Alter vor der Tür stand, hatte die Vorstellung von einer Frau, die nur für ihn da war, die ihn umsorgte und unterstützte, die sich um alles kümmerte, was er brauchte, einen nicht unerheblichen Reiz für ihn.

Bestärkt durch eine gewisse Honorigkeit, die ihm sein neues Unternehmen gebracht hatte, begann Tonio, entsprechende Gerüchte auszustreuen und sich mit einer Einstellung umzuschauen, die sich von der, mit der er diese Dinge sonst immer geregelt hatte, unterschied. Kurzum, er ging nicht auf die Suche nach einer Person, die seine Lust auf Eroberungen und Abenteuer befriedigen konnte, sondern nach einer zuverlässigen, soliden und anständigen Frau, mit der er, nachdem er die Brennerei gegründet hatte, nun eine Familie gründen konnte.

Die Gelegenheit bot sich ihm schon bald, als die letzte Erbin einer ortsansässigen Adelsfamilie starb und auf dem Totenbett ihr ganzes Hab und Gut der Kirche vermachte, während sie ihre Gesellschaftsdame, eine gewisse Adalgisa, in einer höchst bedürftigen Lage zurückließ.

Wie bei einer geschäftlichen Transaktion bot ein Vermittler Tonio eine Begegnung mit dieser gebildeten, kultivierten Dame an, die zwar einige Jahre älter war als er, doch unbedingt eine gute Partie für einen kleinen Unternehmer, der die günstige Gelegenheit zweifellos zu schätzen wüsste.

Die Angelegenheit wurde also ohne ein Übermaß an Leidenschaft mit einem halben Dutzend Gesprächen abgewickelt, die ein wenig zum gegenseitigen Kennenlernen beitrugen, zur Überprüfung der Ernsthaftigkeit der Heiratsabsichten und schließlich zur Verständigung über die Details der Hochzeitszeremonie. Für die Liebe war ja später noch Zeit.

Von Anfang an zogen jedoch klar und deutlich Wolken von Schwierigkeiten am Horizont auf, die aus den großen Unterschieden zwischen den beiden erwuchsen: Tonio eher ein Windhund und Aufschneider, der sowohl in geschäftlichen als auch in fleischlichen Dingen gern direkt zur Sache kam; Adalgisa eine Verfechterin von Anstand und guten Sitten, starrsinnig und hochmütig, mit einem offensichtlichen Hang zum Kommandieren.

So musste er, um die Geschichte mit der Hochzeit zu einem Abschluss zu bringen, einige Zugeständnisse bei für ihn absurden Fragen machen, wie etwa der Menge an Blumen und Flitter bei der Trauung, der Anwesenheit von Brautjungfern und Schleppenträgern zum Geleit des Brautpaars und schließlich dem Festmahl für etwa zwanzig Gäste im besten Lokal der ganzen Gegend und mit einem von Adalgisa zusammengestellten Menü, mit dem die Gesellschaftsdame sich möglicherweise für die Knauserigkeit schadlos halten wollte, mit der die alte Edeldame, um die sie sich jahrelang gekümmert hatte, für gewöhnlich die Speisen ausgewählt hatte.

Doch sobald die Sache unter Dach und Fach war, zog Tonio die Zügel an und wollte nichts mehr von den ständigen Forderungen der Frau wissen, die nun seine Ehefrau war und sich folglich nach seinem Dafürhalten den Vorstellungen des Mannes unterordnen musste, des Familienoberhaupts, dessen, der schließlich den Lebensunterhalt für beide heranschaffte. So begann eine Zwietracht, die praktisch die ganzen dreißig Jahre ihrer Ehe währte. Eine harte, fortwährende Auseinandersetzung, in der Adalgisa unentwegt Ansprüche stellte, um neue Einrichtungsgegenstände und Möbel, Instandhaltungsarbeiten und Renovierungen durchzusetzen, also all das, was ihrer Meinung nach nötig war, um eine Vornehmheit und einen Lebensstandard zu wahren, die dem Rang einer Unternehmerfamilie entsprachen, doch sie bekam als unvermeidliche

Antwort von ihrem Mann immer nur Schweigen und Ablehnung oder, im günstigsten Fall, Notlösungen, die, statt sie zu besänftigen, ihren Zorn und ihren Unmut weckten.

Es schien in der Familie zu liegen, dass auch Tonio es für Verschwendung hielt, Geld für den Kauf neuer Dinge oder für Arbeitsaufträge an Dritte auszugeben, und ganz wie sein Bruder entschied er sich oft dafür, lieber Gebrauchtwagen, Möbel aus zweiter Hand und sonstwo aufgetriebene Haushaltsgeräte zu kaufen und all die Arbeiten, die die Wohnqualität verbessern sollten, selbst zu erledigen. Das Resultat war eine Kopie des Chaos, das in Attilios Wohnung herrschte, mit Stromleitungen, die ständig repariert werden mussten, mit Wänden, deren Anstrich nie fertig wurde, mit in Art und Farbe voneinander abweichenden Fensterrahmen und mit einem Mobiliar, das eher an das Lager eines Trödelladens als an einen Wohnraum erinnerte.

Unter diesen Umständen war Adalgisa also dauernd unzufrieden und verbittert, und sie ließ ihren Ärger nicht nur an ihrem Mann aus, sondern auch an den beiden Kindern, die sie von ihm hatte, sowie an Attilio und Marianna, die des Vergehens schuldig waren, Bruder und Schwägerin dieses Nervtöters zu sein, und schließlich auch an meinem Vater und meiner Großmutter, die man ebenfalls verwandtschaftlicher Beziehungen zu ihm bezichtigen konnte.

Gerade meine Großmutter wurde zur Zielscheibe für die heftigen Wutausbrüche der neuen Schwägerin, und zwar von dem Moment an, da Tonio, um dem Wunsch seiner Frau nach einem Mädchen für alles, das ihr bei der Hausarbeit half, entgegenzukommen, die Passivität meiner Großmutter ausnutzte und sie überredete, diese Aufgabe zu übernehmen. Adalgisa, die davon träumte, als Entschädigung für ihre Vergangenheit im Dienst der adligen Dame eine eigene Hausangestellte zu haben, wurde fuchsteufelswild. Zunächst lehnte sie entrüstet ab und fing ein fortgesetztes Genörgel und Gezänk mit ihrem Mann an. Als sie merkte, dass sie trotz dieser Kampfhandlungen doch nicht mehr durchsetzen konnte als diese Hilfskraft, rang sie sich dazu durch, sie zu akzeptieren, verzichtete allerdings nie darauf, ihre Schwägerin so zu behandeln, als wäre sie wirklich eine Untergebene, wobei sie oft einen Hochmut und eine Schroffheit an den Tag legte, die selbst der Geduld und der Gottergebenheit meiner Großmutter Grenzen setzten.

Die Dinge eskalierten nur deshalb nicht, weil Attilios Familie gerade in jener Zeit von einigen Schicksalsschlägen getroffen wurde. Ermuntert durch den anfänglichen Erfolg seiner Autowerkstatt, wollte Attilio die Gunst der Stunde nutzen und ein neues Unternehmen aufmachen: einen Gemischtwarenladen für die Bewohner des neuen Viertels, das genau am Eingang des kleinen Dorfes entstanden war, kurz vor der Kurve, an der er und Tonio wohnten.

Von einer Welle triumphaler Expansionslust getrieben, hatte das Regime in jenen Jahren ein umfangreiches Programm zur Stärkung der nationalen Wirtschaft beschlossen, als neuen Impuls für Produktivität und Fortschritt, der die Grundlage für den endgültigen Aufbau einer auf die Eroberung eines Imperiums ausgerichteten Nation bilden sollte.

In der Gegend rings um das kleine Dorf, direkt am Fluss, der unweit der Autowerkstatt verlief, war daher eine Chemiefabrik mit einem halben Dutzend Werkhallen entstanden, wo der Propaganda zufolge der Genius der italienischen Wissenschaft, eine Schar versierter Experten und der unermüdliche Fleiß der Arbeiterklasse mit Hilfe der neuesten Technik das Modernste und Vollkommenste produzieren sollten, was auf dem Gebiet der synthetischen Farbstoffe vorstellbar war.

In Wirklichkeit wurden in diesen Hallen, die noch wenige Monate zuvor Rinderställe gewesen waren, Anlagen installiert, die ein deutsches Unternehmen ausrangiert hatte, da es diese Art der Produktion als zu gesundheitsschädlich für seine Arbeiter ansah. Zur Bedienung dieser Maschinen, die man, so gut es eben ging, dort aufgestellt hatte, wo noch vor kurzem Viehtränken und Mistgruben gewesen waren, wurden Arbeiter angeheuert, die ebenso wie diese Räume mit Viehzucht zu tun gehabt hatten und die nicht das geringste von technischen Prozessen, Produktionsabläufen oder gar chemischen Substanzen verstanden.

Die moderne Technik, mit der sie für den Umgang mit dem gefährlichen Anilin ausgestattet wurden, bestand aus einer begrenzten Anzahl von Stahlschaufeln, einigen festen Stoffschürzen und einem Paar hoher Holzpantoffeln für jeden von ihnen, denn der Kontakt mit der Abwasserlauge zersetzte alle Sohlen und Absätze aus Leder im Handumdrehen.

So hantierten die Angestellten mehrere Stunden am Tag mit bloßen Händen an den Mischmaschinen, den Autoklaven und den Öfen mit den staubfeinen Pulvern der Mixturen, atmeten die Dämpfe ein und wurden von dem süßlichen, stechenden Geruch durchdrungen, der den Duft nach Heu und den Gestank der Rinder und ihrer Exkremente ersetzte. Von diesen Substanzen durchtränkt wie Wischtücher, nahmen die Männer schon bald die verschiedensten Farben an, einen Regenbogen, den sie langsam auf ihre Hemdkragen, auf ihre Hutränder und auf das Schneeweiß ihrer Betten übertrugen, während sich der Fluss, in den sich die Abwässer ergossen, so intensiv und dunkel mal karminrot, mal smaragdgrün und mal blau trübte, dass es den nicht an ein unheilbringendes Panorama gewöhnten Dorfbewohnern Schauer über den Rücken trieb. Gestalten mit einem beißenden Geruch und in höchst sonderbaren Farben bevölkerten nun das kleine Dorf, und hinzu kam das Flattern bunter Laken und Wäschestücke, die für alle das Bild eines heiteren Festes boten.

Dabei gesellte sich zu den fröhlichen Regenbogenfarben im Laufe der Jahre das tiefe Schwarz der Trauer, denn der Tod ereilte nach und nach die farbverseuchten Arbeiter. Zuvor hatten sie voll Unruhe und Angst mit ansehen müssen, wie diese Farbstoffe ihren Körper als surreal verfärbte Urinspritzer verließen, die vermeintlich fröhliche Ankündigung einer tödlichen Krankheit.

Auf diese Arbeit angewiesen und von einer Passivität beherrscht, mit der sie versuchten, den Tod durch Nichtbeachtung fernzuhalten, arbeiteten und starben die farbvergifteten Männer viele Jahre lang wie in einen tödlichen Schlaf versunken, bis sich einer von ihnen aus dieser Stumpfheit aufraffte und das Dorf zwang, die Augen zu öffnen.

Doch zu der Zeit, als man das Imperium aufbaute, war das einzige Rezept, das sich der nationale Genius gegen mögliche durch die verarbeiteten Gifte verursachten Schäden einfallen ließ, die tägliche Verabreichung eines halben Liters Milch an die Arbeiter – das weiße Kuhprodukt als der Reiniger der Extraklasse, als Allheilmittel und als großartiges Erfrischungsgetränk. Diese Reinigungsaufgabe fiel Attilios in der Nähe gelegenem Laden zu, in dem zwischen

Stapeln von Nahrungsmitteln, Werkzeugen, Zeitungen und anderen Artikeln, die wie Kraut und Rüben durcheinanderlagen, Marianna hinter dem Verkaufstisch thronte. Wie eine geschäftsführende Königin versuchte sie mit einem Kraftaufwand, der Tag für Tag vergeblicher wurde, sich in dem Sammelsurium von Gemischtwaren zurechtzufinden, die aus dem einzigen Raum förmlich ins Freie hinausquollen, bis hin zu Attilios Werkstattür.

Zudem war Marianna eine Seele von Mensch, schlampig und gutmütig genug, um nicht einmal eine lumpige Buchführung zustande zu bringen und jedermann unbegrenzt Kredit zu gewähren, der sie mit List und Tücke oder mit egal wie ehrlich gemeinten Schmeicheleien inständig darum bat, so dass die Liste der Verluste immer länger wurde, Marianna jedoch weder den Mut hatte, ihrem Mann diese Talfahrt zu gestehen, noch die Geistesgegenwart, die Lage wieder unter Kontrolle zu bekommen. So war es gewissermaßen eine unwillkürliche, spontane Schutzmaßnahme, als sie anfing, sich kleine Notlösungen auszudenken, mit denen sie versuchte, zu Geld zu kommen: eine kleine Abzweigung beim Restgeld, eine manipulierte Waage und schließlich die Idee, die Milch, die sie mit Hilfe meines Vaters allmorgendlich auf dem wackligen Dreiradwagen des Geschäfts zur Farbenfabrik brachte, mit Wasser zu strecken.

Sobald die Bauern ihr also die frische Milch geliefert hatten, schloss Attilios Frau sich im Hinterzimmer ein und widmete sich ihrer besonderen alchimistischen Verrichtung, durch die sie dank des großzügigen Zusatzes von Wasser in profaner Nacheiferung des Wunders mit den Broten und den Fischen die Menge vervielfachen konnte.

Doch gerade die blasphemische Berufung auf das Bild

aus dem Evangelium wurde ihr zum Verhängnis, das nagende Gewissen wegen einer kläglichen Tat, durch die die Folgen ihrer Unfähigkeit zwar gemildert wurden, die ihr als frommer Kirchgängerin jedoch sündhaft und unehrlich erschien. Von Gewissensbissen getrieben, hielt Marianna es für angeraten, mit der Beichte nicht nur Trost, sondern auch Absolution und die stillschweigende Erlaubnis zu erlangen, mit ihrer Notlösung fortzufahren. In der erzürnten Antwort des Seelsorgers stieß sie allerdings auf eine unerbittliche und keineswegs nachsichtige Haltung.

Das hastige Reueversprechen, mit dem die Frau die Angelegenheit hinter sich bringen wollte, überzeugte den Priester nicht im geringsten; nachdem er ihr zur Buße ein Dutzend Rosenkränze verordnet hatte, erschien er tags darauf und eine ganze Woche lang zeitgleich mit dem Dreirad meines Vaters vor der Farbenfabrik und versäumte es nie, obwohl er kein Arbeiter war, sich zwischen einem Schwätzchen und einer Segnung ein schönes Glas Milch einschenken zu lassen, das er jedesmal mit einer Andacht schlürfte, die eines Sommeliers würdig gewesen wäre.

Als der Seelsorger sicher war, dass der Betrug weiterging, sorgte er dafür, dass der Maresciallo der Carabinieri bei ihrer üblichen Briscolapartie erfuhr, was Marianna ihm gebeichtet hatte, indem er Vermutungen, Fragen, Zweifel, vage Bestätigungen, vage Verneinungen und Übertreibungen aneinanderreihte, die, wie es seine Absicht war, seine Schweigepflicht nicht verletzten, doch am Ende beredter waren als eine Anklageschrift.

Die Geschichte, wie Marianna auf frischer Tat ertappt wurde, ging jahrelang von Mund zu Mund und wurde, wie so oft in kleinen Dörfern, zu einer Legende mit klaren und sogar übertriebenen Konturen. Dabei war der Maresciallo so umsichtig gewesen, mit einer gewissen Diskretion vorzugehen. Er wartete, bis die Milchbauern ihre Ware abgeliefert hatten, um dann erst Attilio zu rufen und ihn zu nötigen, die Tür zu öffnen, so dass dieser seine Frau überraschte, als sie wie üblich die Milch umfüllte und verwässerte. Es hagelte Ohrfeigen und Beschimpfungen, und das Geschrei, das viele ausdrücklich gehört haben wollten, war nur das Gewimmer, mit dem Mariannas brüchige Stimme die Madonna und alle Heiligen um Schutz anrief, war ein von heftigen Schluchzern unterbrochenes Flehen und ein verzweifeltes Weinen, mit dem sie die Wut des Ehemanns und die unerschütterliche Strenge des Maresciallo zu besänftigen hoffte. Auch danach musste sich Marianna noch wochenlang in Tränen und Klageritualen verzehren, denn nachdem die Fabrik ihren Lieferauftrag zurückgezogen und eine saftige Strafe angedroht hatte, kam auch noch die schludrige Buchführung mit all den roten Zahlen ans Licht, die Attilio zur endgültigen Aufgabe des Geschäfts veranlasste.

Für Adalgisa, die soviel Wert auf Etikette und Ansehen legte, war dieser Vorfall der Gipfel der Schande und gebot eine klare Abgrenzung zwischen den beiden Familien, weshalb sie Tonio noch viele Tage nach dieser Geschichte eindringlich in den Ohren lag und ihn, obwohl er anfangs nichts davon wissen wollte, zu einem klärenden Gespräch mit seinem Bruder überredete, zu einer Auseinandersetzung, die in einen handfesten Streit ausartete und sie fortan nicht nur in geschäftlichen Dingen voneinander entfernte, sondern auch in puncto Achtung und Zuneigung.

Verärgert über diese Trennung, enttäuscht vom Ausgang seiner kaufmännischen Aktionen und wahrscheinlich zermürbt von dem unaufhörlichen Gejammer seiner Frau, sah Attilio einen Ausweg schließlich nur noch in der Kolonialarmee. Er saß trübselig auf einem Prellstein in der Kurve, an der die mittlerweile fast kundenlose Werkstatt lag, als ihm plötzlich die Idee kam, sich als Freiwilliger für den Eroberungsfeldzug des Imperiums zu melden, was ihm nicht nur eine gute Gelegenheit zu sein schien, ein bisschen Geld zu verdienen, um die Schulden abzuzahlen, sondern vor allem eine ausgezeichnete Möglichkeit, um dem ganzen Geschrei, das ihn gefangenhielt, zu entkommen, etwas, was wieder Neuigkeiten und Abenteuer bringen würde, ein Ort, wo er exotische Tiere und wildwuchernde Dschungel sehen würde wie die, in denen Sandokan unterwegs gewesen war, geheimnisumwoben wie die Katakomben von Paris, wo sich Jean Valjean versteckt hatte, und dann, unendlich und weit, auch eine Tabula rasa, wo man Wissenschaft und Technik einführen und noch einmal bei Null beginnen konnte.

Während meine mitleidige Großmutter Marianna tröstete, die sich noch immer in Tränen verzehrte, brachte mein Vater Onkel Attilio zum Bahnhof. Auf dem kurzen Weg, den sie, einer neben dem anderen, zu Fuß zurücklegten, wechselten sie wie üblich kaum ein Wort. Mit seinem Zaubererinstinkt war meinem Vater vollkommen klar, dass der Onkel sich aus dem Staub machte, und Attilio für sein Teil brachte es nicht über sich, die peinlichen Lügen zu wiederholen, die er gerade noch seiner weinenden Frau aufgetischt hatte.

Erst als er an der Tür des Bahnwaggons stand, wandte er sich zu seinem Neffen und legte ihm seine Papiere, Entwürfe und Erfindungen ans Herz, die er unvollendet zurückließ. Gern hätte er ihm erklärt, wie er sie teils weiterentwickeln, teils abändern könnte, und ihm auch die Idee für eine Maschine zum Suppekochen erläutert, doch im Gesicht des Jungen, der ihn anschaute, sah er den Mann, der dieser bald sein würde, sah die gleichen Weiten, die er selbst nun in Afrika suchen würde, den gleichen vergeblichen Wunsch, dieses unendliche, uferlose Nichts auszufüllen, das gleiche Verlangen fortzugehen, das ihm in diesem Augenblick den Atem nahm.

So hob er nur die Hand, als wollte er jemandem zuwinken, dem er auf der Straße begegnet war, schloss die Wagentür hinter sich und setzte sich schließlich, genau in dem Moment, als die Lokomotive anfuhr, auf die Holzbank.

15

Als Aisha im Haus von Monsieur Laplace erschien, fuhr mein Vater schon seit geraumer Zeit als selbsternannter Wunderheiler mit einer Schrottkiste von einem Lastwagen zwischen der Stadt und den Hängen des Atlasgebirges hinauf und hinunter und verkaufte Mitfahrgelegenheiten.

Plötzlich sah er ihre Berberaugen vor sich, zwei Lichtklingen, die ihn hinter einer Fensterscheibe anblitzten, und mehr noch als das Sehnen, das ihm wie eine Faust in den Leib fuhr, überraschte ihn eine so ungewöhnliche Anwesenheit in diesem riesigen Haus.

Das Haus, in dem Monsieur Laplace wohnte, war wirklich groß, ein hölzerner Bau, der aussah wie ein mitten auf der Hochebene am Sägewerk gestrandetes Schiff. Seine Ausmaße standen in keinem Verhältnis zu den vier, fünf Bretterbuden, in denen das Dutzend Männer untergebracht war, das für Monsieur Laplace arbeitete: für einen einzelnen Mann der Platz eines ganzen Ozeandampfers und für alle seine Gefangenen zusammen der enge Raum einer Schaluppe.

Doch es war nicht so sehr dieses räumliche Missverhältnis, das die klare Trennung zwischen Monsieur Laplace und der Welt bestimmte, als vielmehr der Umstand, dass dieses Haus eine verbotene Zone war, von der Treppe an, der sich nur der Hausherr nähern konnte, als gäbe es kurz vor den Wänden eine unüberwindliche Barriere, stark und fest wie eine Mauer, eine Grenze, die zwei Welten voneinander schied: auf der einen Seite die des Sägewerks mit den

Gefangenenbaracken, dem Ladeplatz, der Straße in die Stadt und auf der anderen Seite die von Monsieur Laplace mit der großen Veranda, den Fenstern, die auf die Welt spähten, und einer undurchdringlichen, geheimnisvollen Aura.

Ansonsten ließ sich nicht behaupten, dass er auf großem Fuß lebte, ja, der einzige Unterschied zwischen ihm und den Gefangenen bestand, wenn man meinem Vater glauben wollte, in dem dicken P, das sie auf dem Rücken trugen: Denn wenn die Mannschaft frühmorgens zu ihrem Tagewerk aufstand, war Monsieur Laplace schon eine Weile wach, um die Arbeit des Vortags zu kontrollieren oder sich um das zu kümmern, was nun anstand; und auch spätnachts war er noch zu sehen, fast immer düster, verschlossen und stets von einer Schroffheit, mit der er jedes Gespräch und jeden Menschen von sich fernhielt, an seinem Schreibtisch in einer Ecke des Lagerschuppens, wo er im schwachen Schein eines Lämpchens versuchte, einen Anflug von Ordnung in das auf dem Arbeitstisch überbordende Durcheinander von Papieren zu bringen.

Monsieur Laplace war wahrhaftig kein Freund vieler Worte, und die wenigen Sätze, die ihm über die Lippen kamen, klangen oft knapp wie Peitschenhiebe, im energischen Tonfall eines Generals, der Befehle erteilt, und mit einer Härte, die nicht nur mit Strenge einherging, sondern auch mit einem stillen, sich nie offen in Bosheit entladenden Groll, was jedoch gerade deshalb noch unheimlicher und bedrohlicher wirkte.

Sogar die gute Laune meines Vaters prallte an diesem Granitblock ab, und seine natürliche Begabung, die Wünsche der Menschen zu fesseln, verhedderte sich angesichts von soviel Unerbittlichkeit, von etwas, was wie manche

Sommerhimmel voller schwarzer Wolkenballungen ein schauriges Unwetter anzukündigen schien.

Monsieur Laplace und sein Haus, erzählte er mir, waren im Grunde ein und dasselbe; beide wirkten hart und unnahbar wie eine Festung, die jedem Ansturm trotzte. Und da es unmöglich war, sich Zutritt zum Inneren des Hauses zu verschaffen und die Anordnung der Zimmer, die Einrichtung und die Gerüche zu erkunden, schien es ebenso unmöglich, etwas mehr von der Privatsphäre seines Eigentümers in Erfahrung zu bringen, etwas jenseits der Barriere, die aus seiner Kleidung, seinem strengen Auftreten, seinem Schweigen und einer Entschiedenheit bestand, die jeden Versuch zur Eroberung dieser uneinnehmbaren Bastion im Keim erstickte.

Ganz als riefe ein solches Gesprächsthema bei allen ein Gefühl von Gefahr und Beunruhigung hervor und trotz einer spontanen Faszination und Neugier erging sich keiner der Gefangenen – gewissermaßen im stillen Einverständnis und bevor Aishas Ankunft die Lawine auslöste, die jede Abwehr zunichte machen sollte – jemals in Vermutungen über das Leben von Monsieur Laplace und über das Geheimnis seines unzugänglichen Hauses, sondern sie überließen dies lieber den unregierbaren Bereichen des Schlafs, den Nächten voller Alpträume und Visionen, voller Phantasien, die die Gestalt dieses Mannes und seines Hauses mit unzähligen Zimmern überwucherten, in denen die Gefangenen Orientierung und Hoffnung verloren, mit Schreien, die in dieser Leere explodierten wie die Geschosse eines Exekutionskommandos, und mit einer Einsamkeit, die so ausgeprägt war, dass sie die Grenze der Träume häufig überschritt und sich an den Förderbändern des Sägewerks oder an den Warengestellen im Lager auch tagsüber fortsetzte.

Daher glaubte mein Vater, der Schlaf spiele ihm einen Streich, als er hinter den Fensterscheiben des Hauses zum erstenmal Aishas Augen sah, glaubte an die Nachwirkungen eines Verlangens, das ihn in jener Nacht zurück in das kleine Dorf und in die Arme eines seiner vielen Mädchen getragen hatte. Er hatte mit einer solchen Inbrunst geträumt, dass er auf seiner Brust, an den Händen und neben sich auch nach dem Erwachen noch den Duft einer Frau spürte, die Gegenwart eines Körpers und seine Hitze, das laute Lachen eines vor Lust und Staunen offenen Mundes, die Wonne, die in einem von den flinken Bewegungen seiner Hände betörten Augenpaar lag, und einen Blick, gefesselt mit einem doppelten laufenden Palstek und mit einer Seidenschleife.

Während er diesen Traumresten nachhing und dabei den Lastwagen auf den Platz vor dem großen Haus lenkte, begegnete er Aishas Blick und geriet in Verwirrung. Da er ihre Augen für dieselben hielt, die er im Schlaf geliebt und vor denen er all seine Verführungskünste entfaltet hatte, um ihnen Lust und Aufmerksamkeit zu entlocken, brachte er Zeit und Raum durcheinander und maß seinem Begehren nicht viel Bedeutung bei, obwohl es so stark war wie damals, als die Liebe des Capomastro sich mit der Liebe seiner Mutter verbunden hatte.

Doch im Gegensatz zu sonst begleitete ihn dieses Gefühl grenzenloser Leere, das ihm nun immer mehr zusetzte, den ganzen Tag über und zwang ihn schließlich, das Auto anzuhalten und auszusteigen, um möglichst tief durchzuatmen, sich die Beine zu vertreten, einen Schluck zu trinken und sich Wasser ins Gesicht zu spritzen, wie nach einem Rausch, und wie schon so oft beklagte er Mariones Fehlen und verfluchte den Tod, der ihm mit dem Freund auch den Trost geraubt hatte; denn Mariones Worte, besänftigt durch die Dünste der Kräutermixturen, hätten ihm gewiss geholfen, nicht in dieser Leere zu ertrinken, in der er nun herumzappelte.

Erst am Abend, als mein Vater, erschöpft von dieser Unruhe, die sich inzwischen in eine unerträgliche Sehnsucht verwandelt hatte, zu seinen Gefährten ins Sägewerk zurückkam, redete er sich diese Last von der Seele und erzählte ihnen von dieser Erscheinung, die ihm keine Ruhe ließ und fortwährend einen Abgrund grub, in den er zu stürzen drohte.

Noch tief in der Nacht beschrieb er seinen Kameraden diese Augen, die ihn den ganzen Tag über verfolgt hatten, schilderte ihnen, wie er wie ein Betrunkener gefahren war und Mariones Stimme vermisst hatte, und berichtete von der teils sehnsüchtigen, teils schwindelerregenden Unruhe, die ihn nun quälte und deren Ursache er nicht begreifen konnte, die jedoch unzweifelhaft mit jenem Blick zu tun hatte, den er undeutlich hinter dem Fenster des riesigen Herrenhauses ausgemacht hatte.

Entgegen ihrer Gewohnheit, die ihnen verbot, über das Haus und das Leben von Monsieur Laplace zu reden und sich beidem zu nähern, schlichen sie nun in der Hoffnung, etwas zu entdecken, was das Unwohlsein meines Vaters erklärte, unbemerkt bis unter die Holzveranda, lauerten darauf, dass ein Licht, eine Bewegung, ein Seufzer ihnen einen Hinweis gaben, spähten und lauschten wie die Füchse, lautlos und zaghaft zunächst angesichts dieses Kastells und dann andächtig und entzückt vor der Erhabenheit, mit der sich die Linie des Atlas durch das Dunkel der Nacht zog, bis sich mein sehnsuchtsmüder Vater in den frühen Morgenstunden entschloss, sich in seine Baracke zurückzuziehen, wo er seine Gewürze mit der Verzweiflung über jenes unbegreifliche Gefühl mischte und versuchte, sich ein Gegenmittel zu bereiten, das ihn erlösen sollte.

Als er sich seiner rätselhaften Empfindung schließlich wehrlos ergab, kam Teresio Bicocca angerannt und beschrieb ihm heftig nach Luft ringend die Augen, die auch er am Fenster der Veranda von Monsieur Laplace gesehen hatte, ein Frauenblick voller Meer und Berge, angefüllt mit der gleichen starken Sehnsucht, die mein Vater nicht hatte bändigen können, weder mit Worten noch mit seinen phantasievollen Mixturen.

Nun brachen sie das Tabu der Abgrenzung endgültig und liefen, erneut die Trennlinie übertretend, bis unter die Fenster des riesigen Hauses, wo die Strahlen der hinter den Gipfeln des Atlas aufgehenden Sonne auf die Scheiben und ein Paar blauer Augen trafen, tief und blau, wie Teresio sie beschrieben hatte, zwei Augen wie aus einem Traum, die jedoch nicht zu einem Traum gehörten, sondern zu einer Wirklichkeit hell wie Feuer, duftend wie Brot und schön wie das Gesicht der Frau, die zur Silhouette der Berge hinüberschaute.

Wie ein Schiff, das nach einer stürmischen Überfahrt in den Hafen eingelaufen ist, spürte mein Vater, wie ihn die warme Umarmung der Erschöpfung übermannte und seine Beine unter einer Mattigkeit nachgaben, die er noch nie erlebt hatte, so übermächtig, dass er sich auf seinen Freund stützen musste, um nicht zu fallen.

Teresio sah meinen Vater wanken, merkte, wie sich dessen Körper in der Ruhe nach dem Sturm entspannte, und verstand. Er verstand, dass weder Zaubertränke noch Arzneien vonnöten waren, denn dieses Unwohlsein war nichts Außergewöhnliches, war kostbar und banal zugleich und hatte nur deshalb nicht von seinem Freund benannt werden können, weil er es in seinem Gauklerleben bislang nicht kennengelernt hatte.

16

Attilios Abreise ließ Marianna in Tränen aufgelöst und in dem Kummer über die Pleiten zurück, die sie selbst verursacht hatte, und ihr einziger Trost war die Gesellschaft meiner Großmutter, bei der sie noch wochenlang immer die gleichen Jeremiaden anstimmte, immer das gleiche Gejammer und Geflenne, bis auch die Gottergebenheit und Geduld ihrer Schwägerin ein Ende hatte und Marianna mit den Ausbrüchen ihrer angeblichen Verzweiflung völlig allein dastand.

Ohne ein Publikum, vor dem sie ihren Schmerz ausbreiten konnte, wurde Marianna ihrer Bußübungen bald überdrüssig, und wahrscheinlich fand sie, dass sie ihre Missetaten in den Stunden, in denen sie das Ave-Maria gebetet und ausgiebig geseufzt hatte, genügend bereut hatte. So gab sie ihre selbstgewählte Isolation nach einiger Zeit auf und wurde wieder die energische Frau, die sie immer gewesen war. Mit dem ersten Geld, das Attilio ihr aus den Kolonien schickte, kaufte sie einige Käfige und ein Dutzend Paare Kaninchen, brachte alles in den Räumen unter, die bis vor kurzem die Autowerkstatt beherbergt hatten, und richtete eine Kaninchenzucht ein, der sie fast ihre ganze Zeit widmete.

In der Euphorie über ihre neue Beschäftigung stand Marianna in aller Frühe auf und verbrachte Stunden damit, ihre Tiere zu versorgen, als wären sie ihre Kinder, säuberte die Ställe, untersuchte die Kaninchen auf Krankheiten und zog durch die Felder, um Futter für sie zu suchen, was paradoxerweise dazu führte, dass die Räume für die Aufzucht ein Muster an Ordnung und Zweckmäßigkeit wurden, während die, in denen sie wohnte und die schon durch Attilios Aktivitäten in Unordnung geraten waren, immer mehr zu einem unförmigen Durcheinander von Gerümpel, Gerätschaften und Unrat verkamen.

Mariannas Kaninchenzucht brachte auch den Vorteil mit sich, dass sie in meiner Großmutter für eine Zeitlang noch einmal ihre alte Leidenschaft für die Erntenachlese wachrief, für jene Oase voller Frieden und Phantasie, die sie wiederentdeckte, als sie sich entschloss, der Einladung ihrer Schwägerin zu folgen und sie mit der Sichel in der Hand auf die Felder zu begleiten, um Gras für die Kaninchen zu schneiden. Obwohl in einer anderen Umgebung und aus einem anderen Grund als früher, genoss meine Großmutter noch einmal das Vergnügen, im Kontakt mit der Erde zu sein, ihren Duft zu atmen, die Weite der Landschaft in sich aufzunehmen und die Augenblicke der Einsamkeit auszukosten, in denen sie gebückt auf der Wiese spürte, dass sie zu etwas gehörte, was größer war als die engen Zimmer, in denen sie nun lebte.

Ein Raum, der praktisch immer kleiner zu werden drohte, weil Adalgisa die Abreise Attilios egoistisch ausnutzte, um ihrem Mann schon bald erneut zuzusetzen, damit er ihre Wohnung vergrößerte, indem er sich einige Zimmer seines Bruders unter den Nagel riss. Der Vorwand für den Beginn dieses Eroberungskrieges war natürlich Mariannas Kaninchenzucht: Empört über die Initiative ihrer Schwägerin, über ein Geschäft, das das Renommee des Likörfabrikanten untergrub, tat Adalgisa alles, um Tonio davon zu überzeugen, wie unpassend die Nachbarschaft dieser Kaninchenzucht mit ihrem Gestank und ihrer mangelnden Vornehmheit war, wo die Firma doch gerade Fuß faßte und ihre Produkte zum Glück bereits für ihre Güte und Qualität bekannt waren.

Sie packte ihren Mann bei seinem Stolz und überredete Tonio schrittweise zunächst zu dem Versuch, Marianna von ihrem Vorhaben abzubringen, und als diese sich weigerte, die Kaninchenzucht aufzugeben, riet sie ihm, sich für so viele Nachteile wenigstens entschädigen zu lassen, indem er ihren Wohnraum erweiterte. So eröffneten sie einen täglichen Kleinkrieg, in dessen Verlauf Tonio und Adalgisa einmal wegen der Geburt eines Kindes, einmal wegen eines größeren Platzbedarfs, dann wieder wegen der Firma oder aus irgendeinem anderen Grund Marianna nach und nach fast alle Zimmer wegnahmen, die sie mit Attilio bewohnt hatte, und sie in den Raum im Erdgeschoss verbannten, neben die Kaninchenställe, dorthin, wo einst die unselige Geschichte mit dem Laden ihren Anfang genommen hatte.

Marianna für ihr Teil schien sich übrigens nicht besonders viel Sorgen über die expansionistischen Absichten ihrer Verwandten zu machen, war sie doch vollauf mit ihrer Arbeit als Kaninchenzüchterin beschäftigt: Schrittweise fand sie sich also damit ab, in immer beschränkteren Verhältnissen zu leben, bis ihr nur noch das eine Zimmer neben den Tieren blieb, die sie mit einer Liebe und Aufmerksamkeit verhätschelte, die der methodischen Präzision in nichts nachstanden, mit der sie ihnen den Hals umdrehte, wenn es Zeit wurde, ihr Fleisch und ihr Fell zu verkaufen.

Der einzige, der der Raffsucht seiner Verwandten einen gewissen Widerstand entgegensetzte, war mein Vater, der in dieser Anmaßung einen feigen Angriff auf die Person und die Erfindungen Attilios sah, auf die Pläne, deren Aufbewahrung und Weiterentwicklung ihm anvertraut worden waren, als sein Onkel in den Kolonialkrieg gezogen war. Nur er hegte ein großes Interesse für die komplizierten, nie vollendeten Maschinen, für die abgebrochenen Projekte, für die Sammelsurien aus Röhren und Drähten, mit denen Attilio über die Jahre seine Träume ausgelebt hatte und die nun ohne viel Federlesens aus der Wohnung entfernt wurden, wo sie jahrelang das Gerüst einer chaotischen, uneingeschränkten Unordnung gewesen waren.

Im Andenken an die Passion seines Onkels und an die Faszination, die Attilio immer auf ihn ausgeübt hatte, räumte mein Vater die mechanischen Gerätschaften in die drei Zimmer, die er mit seiner Mutter bewohnte und die trotz des Gebrumms und der Schimpftiraden meiner Großmutter bald so chaotisch aussahen wie die Räume, in denen Attilio und Marianna gewohnt hatten. Mein Vater schwärmte von diesen hochfliegenden Projekten, wie auch sein Onkel davon geschwärmt hatte, und er verbrachte viele Stunden damit, zu schrauben, zu löten, Kugellager zu ölen, kleine Elektromotoren zusammenzubauen und sich an Ideen und Bauplänen zu schaffen zu machen, wohl wissend, dass dies zu nichts führen konnte außer dazu, in diesem sinnlosen Kuddelmuddel seine Experimentierfreude auszuleben, die Lust an der Suche, den Drang, der eigenen Phantasie freien Lauf zu lassen, so wie er es Jahre später in Afrika tun sollte, als er Kräuter und Essenzen mischte, um seinen Zaubertränken die Kraft zu verleihen, die Wünsche der Menschen zu erfüllen.

Im jahrelangen Umgang mit Attilios Apparaturen baute mein Vater diese mechanischen Gebilde mit dem Talent des Knotenknüpfers um und zauberte Geräte, die am Ende keinerlei praktischen Nutzen hatten, aber eine kindliche und entspannende Freude an einer anmutigen, klangvollen Bewegung hervorriefen, an einer Funktionsweise, die, je nach Maschine, ein langsames, katzenähnliches Schnurren sein konnte oder ein schlangenartiges Vorschnellen, das sanfte Sichergießen einer Flut oder das Schnaufen einer Lokomotive und unzählige andere Varianten, die zu den spärlichen Freuden meiner Großmutter in ihrem traurigen, schicksalsergebenen Leben gehörten.

Dieses Leben lief mit den Jahren auf eine Art stille Klausur in der Wohnung hinaus, in der sie bis zu ihrem Tod lebte in einer Isolation, in der sie Trost und Frieden suchte, seit sie die Liebe des Capomastro und die weiten Felder der Ährenlese vermissen musste, und in den Apparaturen meines Vaters fand sie eine Verbindung zur Erinnerung und zur Welt, ohne sich noch die Mühe machen zu müssen, sie selbst zu leben.

Durch diese Maschinen konnte sie das Dröhnen eines Motors hören, das Fließen von Wildbächen und Verkehrslärm, die Meeresbrandung, den Flügelschlag von Vögeln, einen Donnerschlag und das leise Knirschen des Schnees, das Schnaufen von Lokomotiven, das Getrappel eines Pferdes und das eines Kindes, das Gelächter einer fröhlichen Menge, das Heulen des Windes und auch das unvergessliche Geräusch der Maurerkelle des Capomastro auf den Steinen, jenes rhythmische Klopfen und Kratzen, mit dem ihr Mann für sie und ihren Sohn Tag für Tag das rosa Häuschen gebaut hatte.

Die Apparaturen meines Vaters waren die Verbindung, die sie zu sich selbst hielt, wenn sie diese Mechanismen in Gang setzte und in einem Leben Trost und Gesellschaft suchte, das für sie zerfasert war, kaum dass der Tod beschlossen hatte, die Umarmungen des Capomastro mit sich fortzunehmen und auch seine Kraft, den feuchten Geruch des Sandes, auf dem er sich der Liebe ergab, und den unvergesslichen Duft der Wiesen nahe dem Steinbruch.

Sie waren auch das kostbare Erbe, das ihr Sohn ihr hinterließ, als er nach Afrika ging, und in ihrer Gesellschaft wartete meine Großmutter endlose Stunden darauf, dass er zurückkehrte. Die Maschinen hielten sie an der Oberfläche, in jener Leere, die sie in sich geschaffen hatte, in jenem Meer der Unendlichkeit, in dem sie die Last all dessen versenken wollte, was nun zu weit von ihr entfernt war.

Tonio und Adalgisa begriffen nichts davon und sahen in den Maschinen meines Vaters das Produkt einer albernen, kuriosen Veranlagung zum Mechaniker, einen genialen Unsinn, originelle Spieluhren, die die Mutter verblöden ließen, denn in ihren Augen war sie bereits unfähig, auch nur einen Tag ohne die Geräusche und die Bewegungen dieser Maschinen zu verbringen.

Vor allem Tonio ärgerte sich sehr über diese Geräte, die er als affige Spielereien abtat: Von den Fähigkeiten dieses Burschen, der schließlich kein kleines Kind mehr war, hätte er sich in der Firma, die er so mühsam zum Erfolg führte, einen intelligenteren und gewinnbringenderen Gebrauch erhofft, ein Engagement, das ihm helfen würde, die Destillationsabläufe zu optimieren und das womöglich Verbesserungen und Neuerungen für die Herstellung seiner hervorragenden Schnäpse bringen konnte. Doch sein Neffe schien mit der gleichen Schwäche behaftet zu sein, die Tonio schon an Attilio beobachtet hatte, auch er verlor sich in Luftschlössern und Träumereien von Erfindungen, die zwar originell waren, jedoch bestenfalls den frivolen Geist von Gesellschaftsdamen wie Adalgisa entzücken konnten oder, wie es gerade seiner Schwägerin geschah, depressiven und melancholischen Leuten den Geist vernebelten.

Von dieser Überzeugung und von dem Gedanken beseelt, dass ihm, dem einzigen Mann in der Familie, die Aufgabe zukam, seinen Neffen auf den rechten Weg zu bringen, wollte Tonio meinen Vater bei sich in der Brennerei haben, damit dieser sich die komplizierte Herstellung der Liköre und Schnäpse anschaute und seine Einfälle möglichst auf das ausrichtete, was im Interesse des Onkels lag.

Mein Vater erzählte mir später von der hochtrabenden Feierlichkeit, mit der Tonio ihn durch die Brennerei geführt hatte und ihm in groben Zügen die Grundlagen einer guten Destillation erläuterte, indem er ihm die Namen der Geräte aufzählte und die Funktionsweise der Heizkessel, Filter, Retorten und der großen kupfernen Brenngefäße erklärte. Zweifellos hatte ihn diese Welt beeindruckt und fasziniert. Er war auf Anhieb von der Vielfalt der Zutaten, von den unbegrenzten Kombinationsmöglichkeiten und der verlockenden Möglichkeit begeistert, neue Methoden des Filterns, Mischens und Siedens auszuprobieren.

Mit einem Lächeln, in dem sich auch nach so vielen Jahren noch das leise Vergnügen äußerte, mit dem er sich an jene Tage erinnerte, erzählte mir mein Vater, wie er seinem Affen Zucker gegeben und dem Onkel einen Streich gespielt hatte, um sich für die Herzlosigkeit und den Egoismus zu rächen, mit dem Tonio und seine Frau das Zuhause von Attilio und Marianna behandelt hatten.

Wie ein Zauberlehrling arbeitete mein Vater in den Wochen, in denen er nun mit dem Handwerk des Schnapsbrennens vertraut gemacht wurde, darauf hin, jede berufliche Sicherheit des Onkels auf den Kopf zu stellen, indem er Dosierungen und Siedezeiten veränderte und die Zutaten mit dem gleichen Feuereifer mischte, mit dem es ihm einige Jahre später gelingen sollte, seine Wundermittel zu brauen.

Das einzige verwertbare Ergebnis dieses Zusammenrührens war das Interesse Adalgisas an seinen geschmacksneutralen, doch höchst wohlriechenden Lösungen, an Flüssigkeiten in den lebhaftesten Farben und mit einem so starken Aroma, dass es dieser hochmütigen Frau die Sinne betäubte und sie weicher und freundlicher wurde. So lange bis der nächste Krieg das Schicksal aller veränderte, stellte mein Vater zum Erstaunen Onkel Tonios, der die Präparate seines Neffen als ein probates Mittel gegen das rechthaberische, neurotische Wesen seiner Frau begrüßte, für Adalgisa eine Musterkollektion von Mixturen auf Blütenbasis zusammen, Wässerchen, in deren Düften die Tante gern schwelgte, da die betörenden Aromen sie nach ihrer Aussage an Schlösser aus vergangenen Zeiten erinnerten, an den französischen Königshof und an die Eleganz von Perlen, an die Vornehmheit von Jade, die Geschmeidigkeit von Seide, die Tapisserien von Orléans und an eine ganze Welt aus Klöppelspitzen, Fayencen, barocken Uhren und Toilettentischchen, fern und faszinierend, die sie, zum Seelenfrieden der ganzen Familie, die öde Banalität ihres Hauses in der Provinz und ihres Ehemanns, der ja nur ein Handwerker war, vergessen ließ.

Tonio fand sich mit der undisziplinierten Kreativität meines Vaters ab, die ihm immerhin eine Oase des Friedens verschafft hatte, und verlegte sich darauf, all seine Kräfte auf den endgültigen Ausbau seines Unternehmens zu richten, doch auch ihn befiel die Schrulligkeit des Erfindungsgeistes, diese Randerscheinung der fixen Idee, die schon Attilios Leben bestimmt hatte.

In den Tagen unmittelbar nach der Kriegserklärung begann sich ein Gedanke in Tonios Kopf festzusetzen: Er wollte dem drohenden Konflikt nicht unvorbereitet begegnen und seine Brennerei, die er so mühsam aufgebaut hatte, in Sicherheit bringen. Die Vorstellung, ein Bombenangriff, eine Invasion, irgendein Unglück könnte seine ganze Arbeit zerstören, stürzte ihn in eine tiefe Niedergeschlagenheit, in eine Unruhe und Nervosität, der er sich nur mit dem Plan erwehren konnte, auf dem Hof und unter der Brennerei eine Art unterirdische Festung zu bauen, einen regelrechten Bunker, der als Schutz für die Destillierausrüstung und die Familie dienen konnte.

Die an sich schon reichlich verrückte Idee erwies sich als noch verschrobener, als er allen seine Absicht mitteilte, dieses Vorhaben ganz allein in die Tat umzusetzen. Ungeachtet der Einwände von Freunden, von Bekannten und von Adalgisa, die selbst unter dem Einfluss der wohltuenden Essenzen meines Vaters damit drohte, ihn zu verlassen, verbrachte Tonio die Tage damit, zu messen, zu planen, Bauzeichnungen anzufertigen und Berechnungen anzustellen, um schließlich zu verkünden, dass er nun ans Werk gehen könne.

Er warb ein paar arme Schlucker als Handlanger an und begann unverzüglich damit, eigenhändig den Hof aufzugraben, dem Arbeitsplan folgend, den er mit einer Energie und einer Begeisterung aufgestellt hatte, die jeden Einwand entkräfteten, den vernünftige Menschen ihm gegenüber äußerten. Auch mein Vater versuchte zunächst, den Onkel von seinem Vorhaben abzubringen. Die abzutragende Erdmasse war enorm, und es würde äußerst schwierig werden, Arbeiten auszuführen, die eigentlich von Experten erledigt werden mussten und eine akkurate Planung und geeignete Maschinen erforderten. Doch angesichts des Überschwangs seines Onkels verstand er, dass hinter diesem Feuereifer etwas viel Tieferes steckte als ein Luftschutzbunker, etwas, was auch er im Blut hatte, nämlich der unwiderstehliche Drang, einem Traum zu folgen, der Realität zu entfliehen, die Leere, die sich plötzlich in einem auftat, auszufüllen, indem man überflüssige Maschinen entwarf oder eben die Erde aufgrub.

Aus diesem Grund, erzählte er mir, hatte er also beschlossen, eine Spitzhacke zu nehmen, um an der Seite seines Onkels im Boden zu wühlen und ihm zu helfen, mit jedem Spatenstich ein Stück der Last abzutragen, die ihn zum Graben zwang, bis dann der Krieg kam und er nach Afrika musste, so dass er Tonio in der fast menschenleeren Brennerei allein mit seinem Versuch zurückließ, eine Zuflucht zu schaffen. Den gab der Onkel erst auf, als der Sturm schon eine Weile vorüber war und seine inzwischen herangewachsenen Kinder sich nicht einmal mehr daran erinnerten, wozu denn diese Höhle da war, in der sie als Kinder gespielt hatten und in der ihr Vater seine Zeit damit verbracht hatte, in der Erde zu buddeln und ein Loch auszuheben, in dem er seine Seelenruhe vergrub.

17

Von dem Tag an, als mein Vater von der Krankheit der Liebe heimgesucht wurde, musste er lernen, mit etwas zu leben, was er nie kennengelernt hatte, etwas, was ihn mit Unbeschwertheit erfüllte und zugleich in Abgründe tiefster Niedergeschlagenheit stürzte. Schon bei dem bloßen Gedanken an die Augen, die er am Fenster von Monsieur Laplace gesehen hatte, erschütterte ihn ein inneres Erdbeben und fegte alles fort, was er über die Frauen zu wissen geglaubt hatte, alles, was er beim Ölgeruch und im Lärm von Attilios Werkstatt in der Sicherheit eines Jägers gelernt hatte, der gern mit seiner Beute spielt, der in einem Tempo, das allein er bestimmt, die Schlingen auswirft und die Gewissheit des Fangs und den Rausch der grenzenlosen Freiheit eines Mannes auskostet, der Taktiken entwickelt und wieder zunichte macht.

Doch nun fühlte sich der Jäger selbst als Beute, und zu seinem großen Erstaunen gefiel ihm sein neuer Zustand, denn er genoß es, sich uneingeschränkt den Strömen einer Kraft hinzugeben, der er noch nie begegnet war, geohrfeigt von dem Wunsch, sich in einem tiefblauen Blick zu verlieren, zu jedem Opfer und jedem Warten bereit, nur um das Geheimnis dieser Augen zu erhaschen, und sei es nur für einen kurzen Moment, während er sich stundenlang ausmalte, was sie wohl versprachen, und von ihrer Zärtlichkeit träumte, von ihrer Unergründlichkeit und von den sanften Linien eines hinter der Falte eines Schleiers verborgenen Gesichts.

In solche Gedanken versunken, lenkte mein Vater seinen Lastwagen mit einer neuen Unbeschwertheit, steigerte den verrückten Gesang noch, mit dem er stets Traurigkeit und Überdruss verjagt hatte, und erfüllte die Fahrerkabine und die staubigen Straßen des Atlasgebirges mit Fröhlichkeit: Laut singend saß er am Steuer, trällerte Liebesromanzen und Schlager, die er an den leeren Beifahrersitz richtete, dorthin, wo früher Marione gesessen hatte und wo er nun Aishas in ein Seidenkleid gehüllten, unbekannten Körper sah und dazu ihren Mund, den er sich makellos vorstellte, mit einem Lächeln hinter dem Versteck der Tücher, und er war überglücklich, weil sein Horizont aus einem Blick wie das Meer bestand, viel weiter als die Wüste rings um sie her, viel tiefer als der Ozean und das Nichts, das ihn bislang in der Gewalt gehabt hatte.

Gleichzeitig jedoch wurde sein leidenschaftlicher Liebestaumel dadurch abgekühlt, dass er um seine Lage und um die Aussichtslosigkeit wusste, das Geheimnis jener Augen zu erforschen und den Schleier zu lüften, der das Gesicht verbarg, und bei alldem spürte er, dass er mit einer Kraft liebte, die er nie für möglich gehalten hätte, spürte er das starke Bedürfnis, endlich den Knoten zu lösen, der sich in seiner Brust, in seinem Kopf und tief in seiner Seele zu einem so festen, unentwirrbaren Knäuel verschlungen hatte, dass nicht einmal das von Mondo geerbte Geschick ausreichte, um das Fadenende zu finden.

Die Nachricht von der Anwesenheit einer Frau im Haus von Monsieur Laplace schlug bei der kleinen Gemeinschaft des Sägewerks ein wie ein Blitz, und dies nicht nur wegen der Wirkung, die der durchdringende Blick der blauen Augen auf meinen Vater hatte, sondern auch wegen der unzähligen Mutmaßungen, die nun die Tage der Gefangenen ausfüllten, Andeutungen, Vermutungen, Behauptungen, die sich während der Pausen in den Baracken, im Holzlager und in der Schneidewerkstatt in verschiedenen Gerüchten und in Geschichten entrollten, die nach einer Erklärung für diese plötzliche Erscheinung suchten.

Wie vom Himmel gefallen, war der glühende, tieftraurige Blick Aishas am Fenster des großen Hauses aufgetaucht, ohne dass auch nur einer von ihnen je etwas bemerkt oder geahnt hätte oder dass man gesehen hätte, wie jemand mit dem Auto oder zu Pferd angekommen war. Monsieur Laplace hatte sein strenges, wortkarges Benehmen und die üblichen schroffen Manieren nicht abgelegt, und wäre die mysteriöse Erscheinung nicht mehrmals von verschiedenen Leuten gesehen worden, hätte man meinen können, es handelte sich nur um ein Gerücht, um eine Fata Morgana oder um das müßige Geschwätz von Menschen, die sich mit phantastischen Geschichten über die Gefangenschaft und die harte Arbeit hinwegtrösteten.

Doch jeden Morgen bei Tagesanbruch, sobald das Licht auf die hohen Gipfel der umliegenden Berge fiel, erschienen wie ein Trugbild hinter den hellen Fensterscheiben für einen kurzen Moment diese Augen, gaben dem Verlangen meines Vaters neue Nahrung und seinen Gefährten neuen Gespächsstoff, von denen einer behauptete, die Frau sei eine aus Marseille zurückgekehrte Tochter von Monsieur Laplace, während ein anderer glaubte, sie sei eine Sklavin, abgekauft vom Anführer der Karawane, die alle sechs Monate in diese Gegend kam, oder eine Art Geisha, gefangengehalten, um die Gelüste dieses mürrischen, barschen Mannes zu befriedigen.

Meinem Vater jedoch schien die Herkunft dieser Augen, die ihn in ihren Bann gezogen hatten, recht egal zu sein.

Ihm ging es darum, in dieses Blau einzutauchen, um es von der Traurigkeit zu befreien, die er darin erblickte, und endlich und ein für allemal der Zauberer zu sein, als der er sich immer gefühlt hatte, der Herr der Knoten und des Meeres.

Als er sich entschloss, mir von Aisha zu erzählen, lag ich in einem grabeskalten Zimmer und war nur noch durch einen spinnwebfeinen Faden mit dem Leben verbunden, während eine Maschine Luft in meine durch jahrelange Krankheit zerfressenen Lungen pumpte. Die einzige Verbindung mit der Welt war die Brücke, die ich mit meinen Augen zu den Dingen und zu den Menschen schlug. Vielleicht sah er in meinem Blick die gleiche Verzweiflung wie damals in dem Blau, das zu den Bergen geschaut hatte, und spürte dabei den Fluch in sich brennen, ein Zauberer zu sein, und auch die Pflicht, das Rätsel zu enthüllen, das mich an den Schmerz band, und es ebenso aufzulösen, wie er versucht hatte, die Melancholie jener geheimnisvollen Frau aufzulösen, durch die er die Leidenschaft und das Unglück kennengelernt hatte, die die Liebe den Menschen beschert.

Deshalb holte er Afrika zwischen die brummenden Maschinen dieses keimfreien Zimmers, wo mich die Krankheit gefangenhielt, und versuchte geduldig, mir die Bemühung zu erklären – oder vielleicht auch nur zu rechtfertigen –, die ihm endgültig das offenbarte, was schon Mondo gewusst hatte: Leben ist der fortwährende Versuch, die Segel straff gespannt zu halten und das Toben des Meeres in Hanfseile zu knoten, während man sich der Illusion hingibt, den Kurs und das eigene Schicksal zu kennen, obwohl man doch nichts ist als ein einfacher Matrose, ein Spielball für die erstbeste Laune des Windes.

Und für meinen Vater kam der Sturm mit diesen blauen Augen, die ihn wie ein Sprengboot auf den Ozean einer bis dahin ungekannten Leidenschaft schleuderten, weit fort von Vernunft und Vorsicht und von jedem logischen Argument, mit dem seine gefangenen Kriegskameraden ihm rieten, die Finger von dieser Sache zu lassen und nicht zu sehr dem geheimnisvollen Bild zu verfallen, das bei Tagesanbruch am Fenster erschien, denn schließlich sei es nicht weiter schwer, in einem Suk oder in einer Kasbah einen anderen Blick zu finden, in dem man sich verlieren konnte, ohne zu riskieren, erschossen zu werden.

Viele Jahre später, als ich in der Stille zwischen Leben und Tod schwebte, schenkte mir mein Vater, nur unterbrochen vom Schnaufen des Beatmungsgeräts, noch einmal das Schulterzucken, mit dem er gewiss auch die vernünftigen Einwände all derer abgeschüttelt hatte, die ihm den sicheren Hafen der Gleichgültigkeit oder der Kapitulation empfohlen hatten, ohne zu begreifen, dass einem Seemann angesichts der Weite des Ozeans doch nichts anderes übrigbleibt, als in See zu stechen.

Das Geheimnis um Aisha war also für ihn das offene Meer, auf dem er, der Möchtegern und Hallodri, all seine Leichtsinnigkeit einsetzen wollte: Er brauchte nicht viele Worte, um mir zu erklären, was er an dem Morgen empfunden hatte, als er sich entschloss, das Tabu des Hauses zu brechen und jede Grenze zu überschreiten, um sich in die Wogen eines Gefühls zu werfen, gegen das es kein Mittel gab und das ihn bereits in dem Moment, da es ihm Träume und Wünsche geschenkt hatte, endgültig um den Schlaf gebracht hatte.

Es brauchte nicht viele Worte, damit ich verstand oder vielmehr aus seinen Bewegungen und den stockenden Sätzen seiner angedeuteten Geschichten herauslas, was er empfunden hatte, als er sich entschloss, Kurs auf diese Augen, die ihm Herz und Verstand geraubt hatten, zu nehmen, auf einer Bahn, die das tiefe Sehnen durchlief, das er im Mutterleib gespürt hatte, die den kalten Wind des Todes des Capomastro kreuzte, den er in tausend Stücken weit von sich geschleudert hatte, und die das feste und zugleich leichte Material berührte, aus dem das rosa Häuschen gebaut war, dann die grenzenlose Resignation seiner Mutter, die verrückte Genialität Attilios, den durchdringenden Geruch der Essenzen, das Pulsieren des Dieselmotors, das Sirenengeheul der körperzerfetzenden Bomben, Mariones Lachen und den Gestank der Soldaten in den Zügen, und nach der Hölle, die er in Afrika erlebt hatte, nahm er das alles mit, um es nicht zu verlieren, um es festzubinden und es als Halt und Stütze an mich weiterzugeben, damit auch ich jenem Meer trotzen konnte, das ich, wie jeder Mensch, befahren musste.

Betört von Aishas blauen Augen und von der Macht all dessen, was er aus den Verwicklungen seines Lebens bislang mitgenommen hatte, gelangte mein Vater zum Haus von Monsieur Laplace wie zur Landungsbrücke eines Hafens, von dem aus er wieder in See stechen sollte, hinaus aufs offene Meer, um neuen Stürmen zu trotzen und sie mit seinen Knoten und leichtsinnigen Tricks zu bändigen. Die Fenster am Ende der Verandatreppe, hinter denen sich das Bild seiner Sehnsucht gezeigt hatte, waren für ihn nicht eine Minute die einer uneinnehmbaren Festung. Zudem konnte der Riegel aus hartem Zypressenholz seinen geschickten Fingern nicht länger als einen Wimpernschlag widerstehen, gab dem Druck seiner Hand sanft nach und öffnete den Weg zu den Zimmern, wo ihm bei den erhabenen Sonnenaufgängen des Atlasgebirges wie im Traum der Blick, der ihn verzaubert hatte, erschienen war.

Er betrat riesige Gemächer, die ihn an den Laderaum eines Schiffs erinnerten, vollgestopft mit Gegenständen und Mobiliar in einem Durcheinander, das ihn kurz in das vertraute und geliebte Chaos der Wohnung seines Onkels in dem kleinen Dorf am Alpenrand zurückversetzte. Doch das dauerte nur den Bruchteil einer Sekunde und wurde sogleich von Unbehagen überlagert, denn diese Räume bargen offensichtlich ein dunkles, schauriges Geheimnis, das ihm in der Seele weh tat wie ein Messerquietschen auf Schiefer, wie ein gellender Schrei, der die verspielte Fröhlichkeit im Nu verjagte, die sich bei der Erinnerung an die Unordnung in Attilios Wohnung in ihm geregt hatte.

Die düstere Atmosphäre in dem vollgestellten Raum schnürte ihm die Kehle zu wie die Hand eines Meuchelmörders, die ihm die Luft abdrückte, so dass er stehenbleiben und die Augen schließen musste, um wieder Mut und Atem zu schöpfen. Er stützte sich an einem alten Möbelstück ab, um sich auf seine Gauklerkünste besinnen zu können und sich nicht in den Strudel der Angst ziehen zu lassen, der zur Flucht mahnen würde. Sein Instinkt riet ihm, zu warten und wie in einem festgezurrten Knäuel nach dem Fadenende zu suchen, das ja irgendwo sein musste, und so der Erregung, die ihn übermannt hatte, einen Sinn und einen Namen zu geben. So wie sich der Blick nach dem Wechsel von einem sonnigen Ort in ein dunkles Zimmer an die Finsternis gewöhnt und allmählich wieder Einzelheiten erkennt, fand mein Vater zu seiner Kaltblütigkeit und zu seinem Wahrnehmungsvermögen zurück und begann zu verstehen.

Er spürte in den Dingen, die diese Räume bevölkerten,

das Elend von Grausamkeit und Gewalt und sah in den Kleidern, im Geschirr, in den Sätteln, im Werkzeug, in allem, was dort wie auf einem Speicher herumlag, klar und deutlich die Geschichten der armen Leben, die diese Dinge einst besessen hatten, erkannte mit der Wucht einer Ohrfeige das Grauen der Existenzen, die denen geraubt worden waren, die durch diesen Ort gekommen waren und mit dieser Kruste aus in der Gegend verstreuten Resten ein Stück ihres Leids zurückgelassen hatten.

In seinem Kopf fügten sich für ihn, den Geschichtenerzähler, die Wörter, die aus den Dingen zu ihm gesprochen hatten und bis dahin ohne Sinn ineinander verknäuelt gewesen waren, Schritt für Schritt zu melodischen Phrasen zusammen, und als er sich dann in Aishas Augen spiegelte, hatte er bereits verstanden, was der von Traurigkeit durchzogene Blick, dieser stumpfe Blick eines gefangenen Tiers, von ihm verlangen würde.

Sie saß, so erzählte er mir, auf einem Bett, in dem Monsieur Laplace tief und fest schlief. Mit dem Arm war sie an die Stange des Kopfendes gekettet, genau wie ein gefangenes Tier. Als sie meinen Vater sah, zog sie mit ihrer freien Hand rasch und elegant das Bettuch hoch bis zu ihren Schultern und zu ihrem Kopf und drückte sich in die Falten des Stoffs, als wollte sie sich vor einem Wind schützen, der zu stark für sie war.

Dann ließ sie das Licht ihrer meerblauen Augen aufscheinen, sah meinen in der Tür stehenden Vater fest an und entdeckte in dem Blick dieses jungen Mannes, der sie reglos wie eine Statue betrachtete, vielleicht die Wärme einer Zuflucht, den Schutz eines Mantels der Liebe oder einfach eine unverhoffte Gelegenheit zur Flucht.

Ihre Begegnung bestand nicht aus Worten, sondern aus

Blicken und Gedanken, die sich über die wenigen Meter zwischen ihnen ineinander verschlangen. Nur dank seines Spürsinns gelang es meinem Vater, sich in diesem Durcheinander aus Angst, Unruhe, Besorgnis und Aufregung zurechtzufinden und sich der jungen Frau mit der Gewandtheit eines Fuchses zu nähern, um den Anblick des Ozeans aus der Nähe zu genießen, in den er an jedem Morgen versunken war, wenn er sie am Fenster beobachtet hatte.

In meinem Bett am Abgrund des Todes sollte ich mir, auf die Geschichten gestützt, die er mir schenkte, diese Begegnung später wie einen endlosen Besuch vorstellen, wie die langsam vergehende Zeit, die ich in den Tagen meiner Krankheit gebremst hatte, bis sie zu einem zähflüssigen Sirup geworden war, so dass ich die Momente der Erzählungen und der Geselligkeit gründlicher und in Ruhe auskosten konnte, jenen Ritt der Wörter, die mir halfen, die Sturzwellen der Krankheit zu überstehen.

Doch wie jede Begegnung hatte dieses erste Zusammentreffen, obgleich es in meiner Vorstellung Jahre dauerte, ein Ende, einen Abschluss, verursacht durch eine Regung des schlafenden Monsieur Laplace, durch eine besorgte Geste Aishas, die meinen Vater zu Ruhe und Gelassenheit mahnte, und durch seinen leidenschaftlichen Impuls, endlich seine Zaubertricks anzuwenden, um dem Blick, in den er sich verliebt hatte, den freien, grenzenlosen Raum zu schenken, der ihm zustand.

Sie trennten sich mit wenigen, behutsamen Gesten, die einen Pakt besiegelten. Er würde wiederkommen, und sie würde furchtlos auf die Rückkehr eines Liebhabers warten: nur wenige hastige Gesten in dem düsteren Kerkerzimmer, diesem schrecklichen Grab vieler Leben und Geschichten, Gesten, von einer Vertrautheit verfeinert, die bereits in jenem Augenblick entstanden war, da sie sich zu einem Versprechen verbunden hatten, einem Augenblick, der nur ein paar Minuten dauerte, der in meinen Träumen jedoch ewig währte.

18

Von einer Balkonbrüstung in Rom aus angekündigt wie ein Fest, holte der Krieg das Leben meines Vaters und das der anderen jungen Männer fort aus dem kleinen Dorf. Er verfrachtete sie am Bahnhof, wo sich am Tag der Abreise in den scheinbar übermütig strahlenden Gesichtern die Angst vor einem Abenteuer verbarg, das zu groß für sie war, in einen Zug. Er verfrachtete sie zuerst in einen Zug und dann auf ein Schiff und brachte sie als Vorhut einer Armee nach Afrika, die zwischen dem Sand und dem Gestein der Wüste schon bald zerrieben wurde, während sich zwischen ihren Häusern, in den Straßen und Gassen das absurde, zynische Manöver eines Waffenstillstands abspielte, der die Bündnisse aufkündigte und einen blutigen Krieg beendete, um einen noch grausameren zu beginnen.

In jenen Jahren lavierten sich die Bewohner des kleinen Dorfes fern von den Strömungen und dem Lärm der Großstadt durch das schwierige Unterfangen, zu ahnen, woher der Wind wehte. Es verflog die Illusion von einem raschen, siegreichen Konflikt, statt dessen erduldete man eine weit weniger glorreiche Zeit, die durch widersprüchliche Nachrichten und durch die Tatsache getrübt wurde, dass der großartig gefeierte Eroberungsschwung nachließ, jener Elan, der im Verlauf der Monate zunächst in immer gleichen Tagen steckenblieb und dann in Tagen voller Zweifel und Angst, bis hin zu den Stunden voller aufgeregtem Stimmgewirr und Klagen, die von Feuer, Bombenangriffen, zerstörten Fabriken und Häusern berichteten.

Wer zum Ziel der Bomber geworden war, erzählte von hohen Flammen und von geschwärzten Gebäuden, die das Grau der Stadt noch trister machten, einer Stadt, die nie zum Angriffsziel hatte werden wollen, die gern weiter ruhig und gesittet geblieben wäre und die den Krawall von Bomben und Tod verachtete.

Auf der geraden Straße, auf der früher die Motorradfahrer herangebraust waren, dort, wo Attilios Werkstatt gewesen war, kamen nun Scharen verschreckter Menschen an, die in den Bergdörfern Zuflucht suchten; sie trugen nicht mehr die flotte, ein wenig spitzbübische Miene der Ausflügler zur Schau, sondern hatten das aschfahle Gesicht derer, die mit angesehen hatten, wie, zusammen mit den Versprechen von Herrlichkeit, das eigene Haus und das eigene Leben zusammengebrochen waren.

Auch sie machten einen Augenblick Rast an der scharfen Kurve, bevor sie das letzte Stück Weg in Angriff nahmen, doch anstatt ausgiebig über Motoren und Lenktechniken zu fachsimpeln, schilderten sie den bestürzten Dorfbewohnern das Zischen der Granaten, versuchten, mit den Lippen das Dröhnen der fliegenden Festungen wiederzugeben, und ahmten mit den Armen die Explosionen nach, während selbst der unaufmerksamste Beobachter in ihren Augen unauslöschlich eingebrannt die Feuersbrünste sah, die ganze Gebäude verschlingen konnten.

Durch diese Berichte aufgeschreckt, setzte Tonio sein gigantisches unterirdisches Bauvorhaben mit verstärktem Eifer fort. In den Wochen, als der Strom der Evakuierten schier endlos zu sein schien, ging er jeden Morgen auf die Straße hinaus, hörte sich die Geschichten der Ankömmlinge aus der Stadt an und erkundigte sich nach den Luftschutzräumen, die dort eingerichtet worden waren. Er war ganz Ohr, ließ sich die Keller beschreiben, wollte alles über die Treppen und Ausgänge wissen, und während er entsetzt den Berichten über lange Nächte lauschte, die man unter dem Krachen der Explosionen zugebracht hatte, wandte er sich zu seinem Haus um und stellte es sich von Flammen umlodert vor, warf einen Blick auf den Eingang der Brennerei und sah beklommen umgerissene Regale, zerbrochene Glasspiralen und die kupfernen Destilliergefäße von einem heißen Todeswind zerstört.

Wenn die Schar der Ausgebombten nach ihrer Rast dann weiter ihrem Ziel entgegenzog, kehrte Tonio in noch düstererer und gedrückterer Stimmung zu seiner Baugrube zurück und reagierte Ärger und Wut ab, indem er auf die Erde im Hof einhackte, Berge von Kies aufhäufte, Zement anrührte und Armierungseisen und stählerne Doppel-T-Stangen herbeischaffte, die seiner Verzweiflung Einhalt gebieten sollten.

Die Welle des Krieges traf bereits ein, und er spürte in der ansteigenden schwarzen Flut die schwere Hand eines Schicksals, das er nicht verdient zu haben glaubte, eine Art bösen Scherz, der alles auslöschen würde, was er mit Mühe und Gerissenheit aufgebaut hatte, mit harter Arbeit und mit Klugheit, mit Stehvermögen, Geduld, Risikobereitschaft und unter Einsatz seiner ganzen Person.

Wenn er nachts nicht schlafen konnte und darüber nachdachte, dass Attilio nun schon seit Jahren fort war und auch sein Neffe im Krieg war, ließ Tonio die Ereignisse des Lebens Revue passieren, die ihn dahin gebracht hatten, dass er nun der einzige Besitzer der Brennerei und des großen Hauses war, mit einer eleganten, strengen Frau, die ihm zwei Kinder geschenkt hatte, mit zwei harmlosen Schwägerinnen und einem Unternehmen, das glänzend lief. Er dachte an die vergangenen Jahre zurück, an seine Lehrzeit, daran, wie er Meister Bartolini und dann auch Signora Leda verraten hatte, an die Flucht aus dem Dorf, an die Unstimmigkeiten mit Attilio und Marianna, dann an den Tod seines Bruders, an die Ankunft seiner Schwägerin und an all die Geduld, mit der er es geschafft hatte, diese Schwierigkeiten zu meistern, um geradewegs auf sein Ziel loszusteuern: seine Brennerei und seinen guten Ruf aufzubauen. Selbst aus dem Krieg, diesem verfluchten Krieg, hatte er seinen Vorteil ziehen können, denn er hatte nicht zuletzt dank der ausgezeichneten Qualität seiner Produkte einen Vertrag über die Lieferung von Schnaps an die Armee zuwege gebracht.

Doch dann, gerade als er glaubte, sein Erfolg fände nun die entsprechende Würdigung, kehrten sich ebenjene Ereignisse, die seiner Familie Reichtum und Stabilität hätten sichern können, plötzlich gegen ihn. In dem Moment, nämlich als er begriff, dass der Krieg sich hinzog wie ein entsetzlicher Eiterfluss und folglich nicht das magnesiumartige flinke Aufblitzen sein würde, von dem soviel die Rede gewesen war, zerbröckelte seine Sicherheit, und etwas in ihm begann zu nagen, unablässig und beharrlich wie ein Holzwurm. Je länger er über das Glück und die Geschicklichkeit nachdachte, mit denen er agiert hatte, wurde gerade das Resultat dieses Glücks – seine Güter, seine Ehefrau, seine vor kurzem geborenen Kinder – unversehens zum Gegenstand einer neuen Sorge, einer nie gekannten Angst, die ihm als einzigen Ausweg zum Aufgraben des Bodens riet.

Von dieser fixen Idee getrieben, ersetzte Tonio das Engagement für die Brennerei durch den Ausschachtungseifer, der, wie es vielen vorkam, statt der Erde eher seinen Kopf aushöhlte. Adalgisa für ihr Teil, obgleich durch die Essenzen besänftigt, die ihr mein Vater geschenkt hatte, bevor er in den Krieg gezogen war, schaute dem Vorhaben ihres Mannes mit großem Unwillen zu, wusste sie doch, dass er durch dieses sinnlose Loch, das auf dem Hof des Hauses immer größer wurde, zum Gespött des ganzen Dorfes wurde, während er mit dieser Buddelei nicht nur Finanzen, Zeit und Gesundheit verspielte, sondern vor allem seinen guten Ruf, der ihr wichtiger war als alles andere auf der Welt.

Adalgisa schämte sich für die ganze Geschichte, und sie war entrüstet über das Unglück, das ihr Leben auf den Kopf stellte, gerade jetzt, da sie geglaubt hatte, durch die vorteilhafte Heirat, die Geburt der Kinder und Attilios Abwesenheit endlich in den Genuss von Verhältnissen zu kommen, die ihren Wünschen entsprachen. Sie ging also zum Fenster und schaute grimmig auf den aufgebuddelten Hof des großen Hauses, der fast völlig mit Erdhaufen, Kiesbergen und aufgehäuftem Eisen bedeckt war, mit Gerätschaften, zwischen denen sich zu bewegen wirklich abenteuerlich war und die auf dem Weg zur Eingangstreppe zu passieren man sich schämte.

Mehr als einmal hatte sie verlegen miterleben müssen, wie Freunde, Bekannte und sogar der Bürgermeister zu Besuch gekommen waren, ehrbare Leute, die sich in dieses Durcheinander begaben, um sich persönlich von der Grabungswut zu überzeugen, der Tonio, wie man sich im Dorf erzählte, zum Opfer gefallen war. Und jedesmal hatte Adalgisa mit schwachem, gezwungenem Lächeln und mit einer fast schon zu aufgesetzten Liebenswürdigkeit versucht, die jämmerliche Figur, die ihr Mann bei diesen Gelegenheiten abgab, in ein vorteilhafteres Licht zu rücken. Fast ganz von seinem Projekt besessen, erging Tonio sich nämlich in haarkleinen Beschreibungen dessen, was er schon getan hatte, und dessen, was noch zu bauen war, und dies in Vorträgen, die jeden Zuhörer rasch ermüdeten, während er nicht die mitleidigen und amüsierten Mienen bemerkte, mit denen die Gäste seinen weitschweifigen Ausführungen folgten.

Adalgisas Versuche, ihm die Peinlichkeit solcher Besuche vor Augen zu führen, blieben ohne jeden Erfolg. Auch Geschrei und Drohungen, Klagen und selbst Zärtlichkeit halfen nichts. Tonio schmetterte regelmäßig jeden Einwand ab und führte zu seiner Verteidigung die Notwendigkeit dieser Arbeit ins Feld und die Torheit seiner Frau und der anderen Dorfbewohner, die in ihrer Blindheit die anrollende Welle von Gefahr, Tod und Zerstörung nicht erkannten.

Als das Radio in den ersten Tagen eines noch ungewöhnlich heißen Septembers die rätselhafte Nachricht brachte, dass ein Waffenstillstand mit den Feinden unterschrieben worden sei, die demzufolge zu Freunden wurden, und dies in einem Krieg, der zwar zu Ende war, jedoch den Wünschen aller zum Trotz weiterging, da sah Tonio in dieser abstrusen Logik die endgültige Bestätigung der von ihm so sehr befürchteten Katastrophe.

Während Adalgisa ihn geringschätzig betrachtete und überlegte, wie es zu ihrem Unglück denn sein konnte, dass sie ihr Leben mit einem Idioten teilte, der nicht einmal begriff, dass ein Waffenstillstand Frieden bedeutete, trat er ans Fenster und versuchte, die würgende Angst hinunterzuschlucken, die ihm in die Kehle gestiegen war.

In jenem Augenblick fühlte er sich erstmals in seinem Leben vollkommen allein, Menschen ausgeliefert, die aufgeblasen und dämlich waren, blauäugige Dummköpfe, die das Schicksal nicht einmal dann erkannten, wenn es bereits deutlich die Zeichen von Blut und Zerstörung aufwies.

Dabei musste er an Attilio denken, an die weise Entscheidung, mit der dieser sich aus der Klemme gezogen und aus der Verantwortung gestohlen hatte, indem er zu einem Ort und in eine Zeit aufgebrochen war, von denen inzwischen jede Spur fehlte.

So schob er gedankenversunken die Vorhänge beiseite und versuchte, die Dunkelheit zu durchdringen, die die Landschaft hinter der Umgebungsmauer auslöschte, während er halb und halb hoffte, die Gestalt seines Bruders auf der Straße auftauchen zu sehen, auf der er fortgegangen war. In der Stille nur schwach gestört vom Radio, war ihm, als hörte er ein ansteigendes Motorenbrummen, und so spitzte er die Ohren und lächelte bei dem Gedanken, sein Wunsch könnte in Erfüllung gegangen sein und Attilio käme aus seinem Exil, um ihm zu helfen, sich vor dem Untergang zu retten.

Als das Brummen zu einem Dröhnen anschwoll und er die Kolonne der deutschen Lastwagen um die scharfe Kurve vor dem Haus biegen sah, erstarb sein Lächeln, und die Wucht der Erkenntnis ließ ihn erstarren: Wenn die Feinde zu Freunden geworden waren, hatten sich die Freunde in Feinde verwandelt; mächtige Feinde, präzise und effizient, wie es nur jene Soldaten sein konnten, die Befehle in einer unverständlichen Sprache bellten. Hastig zog er die Vorhänge wieder zu, als könnte diese banale Geste für immer die Gewissheit dessen von ihm fernhalten, was er verstanden hatte. Dann stürzte er, ohne auf den mitleidigen Blick seiner Frau zu achten, auf den Hof, um seine Grabungen fortzusetzen.

19

Am Tag nachdem mein Vater durch seine Blicke den Liebespakt mit Aisha geschlossen hatte, fuhr er mit seinem Lastwagen wie üblich los, um Holz zu transportieren, hin und her gerissen zwischen der Notwendigkeit, das Geheimnis einer weiteren Gefangenschaft zu hüten, und der Pflicht, einen Weg zur Einlösung dessen zu finden, was er geschworen hatte. Hinter der Maske des stets heiteren, leichtsinnigen Mannes begannen in ihm Wörter, Phantasievorstellungen und Gemütsbewegungen zu kreiseln, ein Chaos, das er nur mit Mühe beherrschen konnte, ebenso wie er nur mit Mühe das Ungestüm beherrschte, mit dem er in Gedanken mit einem Satz die Verandatreppe des großen Hauses hinaufsprang, Wände, Fenster und Tür eintrat, sich wie ein Eisbrecher durch die Berge der das Zimmer verstopfenden Gegenstände pflügte und bis zum Bett vordrang, auf dem Aisha saß; er stellte sich vor, wie er sie mit dem gleichen Trick von den Ketten befreite, mit dem er schon als kleiner Junge jedes Schloss geöffnet hatte, und dann dem strengen Blick von Monsieur Laplace standhielt, während er sich keinen Deut um dessen Drohungen und Peitschenhiebe scherte und auch um die Stockschläge der Militärpolizei und um irgendeine andere Waffe nicht, denn alldem würde er mit seinen Zaubertricks ausweichen, indem er erschien und verschwand, wie es dem Vernehmen nach der große Houdini vermochte, und indem er zwischen sich und seiner Festnahme mit seinen Kunststückchen und der Magie von Formeln und Tinkturen eine unüberwindliche Mauer errichtete. Mit Aisha an der Hand wollte er als unbesiegbarer und unsterblicher Held in den Lastwagen steigen, die Hänge des Atlas hinuntergleiten wie auf einem Schlitten im Winter und dann, wenn er zwischen sich und dieses Höllenhaus die Kilometer gebracht hätte, die nötig waren, um sich in Sicherheit zu fühlen, würde das Schicksal über ihr Leben entscheiden – egal, wo auf der Welt, egal, unter welchen Umständen, doch vom Licht ihrer Augen erhellt.

Obwohl ihn Wut und Liebe zu solchen Phantasien anstachelten, riet ihm sein Instinkt zu Aufmerksamkeit und Vorsicht, zu jener Klugheit, um deren Bedeutung besonders der weiß, der sich mit der Perfektion von Knoten auskennt. In jenem Moment wurde ihm klar, dass er Weisheit und Leichtsinn verbinden musste, um sein Meisterstück zu vollbringen, um den Blick, in den er sich verliebt hatte, aus der Gefangenschaft zu befreien.

Als mein Vater sich bemühte, im Krankenhaus, das womöglich ebenso düster und feindselig war wie das Haus von Monsieur Laplace, wo er die Würfel seines Schicksals geworfen hatte, als er sich also bemühte, Ordnung in seine Erzählung zu bringen, merkte ich, dass er das Garn dieser Geschichte auch da spann, um seine Qual mit dem Faden meines entfliehenden Lebens zu verknüpfen und so zu verhindern – indem er sacht doch beständig daran zog wie damals, als er in der starken Strömung des Wildbachs die Forellen aus dem Wasser fischte, die er mit seiner Angelschnur übertölpelt hatte –, dass ich in einen Raum entglitt, zu dem er keinen Zutritt hatte und wo es weder Heftklammern noch Haarnadeln gab, mit denen man das Schloss knacken und Freiheit schenken konnte. Und Luft zum Atmen.

Ich merkte also, dass er seine Worte mit Bedacht wählte, langsamer sprach, die Hände graziös und gemächlich bewegte, so dass er selbst den Tod überredete, zu warten und ihm alle Zeit zu lassen, die nötig war, um die Leinwand zu vollenden, auf die er sich als der Zauberer und Held malte, von dem nicht sicher ist, ob er der jemals gewesen war.

In seinen Worten und Gesten erkannte ich damals die Kraft des Leidens, die Macht der Tollkühnheit eines Menschen, der es allein mit dem Ozean aufnimmt, mit dem Ozean bei Windstille und bei Sturm, mit dem Ozean bei Dunkelheit und bei Licht, mit dem Ozean der sengenden Sonne, des brennenden Salzes. Und zur Verfügung hat er weder Ozeanriesen noch Frachtschiffe, sondern nur das Beiboot der Gewissheit, dass man sonst gar nichts machen kann.

Darum saß er an meinem Bett und schilderte mir, wie er die Stunden, bevor er sich wieder in das Haus von Monsieur Laplace schlich, damit verbracht hatte, Essenzen zu mischen und Konzentrate herzustellen, um einen Trank zu brauen, mit dem er den Franzosen betäuben konnte, den gleichen Trank, den er gelegentlich an Gauner, an Hoteldiebe und an den einen oder anderen Karawanenführer verkauft hatte, der sich mehr nach Schlaf sehnte als nach dem Wasser einer Oase.

Dann drang er mit seinem starken Gebräu bewaffnet zum zweitenmal durchs Fenster ein, entschlossen, sein Schicksal in Richtung Freiheit zu lenken. Wie in einem Märchen aus *Tausendundeiner Nacht* hatte er das Gefühl, eine Art Mutprobe bestehen zu müssen, um die Prinzessin als Belohnung zu erhalten, und diese Probe bestand darin, dem Grauen zu widerstehen, der von dem ausging, was auf dem Boden, auf den Möbeln und auf den Wänden der vollgestopften Räume lag wie Salz auf dem Eis des Vergessens, eine düstere Todesmacht aus tausend Geschichten, von der er sich angezogen fühlte und die er kennenlernen wollte.

Aisha erwartete ihn wie beim letztenmal ans Gestell des Bettes gefesselt, in dem Monsieur Laplace lag und schlief. Die wenigen Tropfen des Tranks wirkten sofort, und das Schloss an der Kette zu öffnen war ein Kinderspiel. Dann eilten sie durch die Zimmer des Hauses und traten auf den großen Vorplatz gegenüber den Bergen. Die Hand des Mädchens, erzählte er mir, kam ihm so klein vor, dass er fürchtete, sie könnte ihm entgleiten und sich in Luft auflösen wie in dem Traum, den er am Nachmittag in den wenigen Ruhestunden gehabt hatte, die er sich vor dem Beginn dieses Abenteuers gegönnt hatte.

Im Schlaf hatte er sie bei der Hand genommen, um sie durch das große Haus in die Freiheit zu führen, vorbei an vielen Menschen mit matten, hoffnungslosen Blicken, Menschen, die die Dinge am Leib und bei sich trugen, die nun als Plunder ausrangiert waren. Im Vorübergehen, während er Aisha zum Vorplatz brachte, spürte er Gewissensbisse, heftig und hart, weil er sich nicht auch des Schicksals dieser Unglücklichen annahm, deren Geschichten er, wie es im Traum häufig geschieht, genauestens kannte und von denen er wusste, dass sie Opfer eines finsteren Menschenhandels waren, den zu kaschieren das Sägewerk diente.

Mein Vater hatte es eilig, eilig, mit Aisha von dort ins Freie zu fliehen, und je mehr er seinen Schritt beschleunigte, um so stärker schienen ihm die Menschen mit ihren Blicken vorzuwerfen, dass er sie feige im Stich ließ. So umklammerte er die Hand des Mädchens in der Angst, dass etwas sie ihm fortnehmen könnte, bis er durch die Verandatür auf den Platz vor dem Atlasgebirge hinaustrat und mit angehaltenem Atem vor den mondbeschienenen Bergen stehenblieb, und während das Staunen vor soviel Schönheit die Angst vertrieb, die die Blicke der Unglücklichen ihm eingeflößt hatten, spürte er, wie die Hand, die er umklammerte, nach und nach kleiner und weicher wurde, wie sie seinem Griff entglitt, als wäre sie aus Seife, und als er sich langsam umdrehte, sah er Aisha zum Mond aufsteigen, sich vor der hellen Scheibe abheben wie ein bunter Zaubervogel, elegant in ihrem großen Schleier, leicht und frei. Und während mein Vater dastand, hin und her gerissen zwischen der Bewunderung dieser Schönheit und dem Gefühl, den Kraftquell seines Lebens verloren zu haben, wurde ihm bewusst, dass er nichts von ihr kannte als ihre blauen Augen, dass er weder wusste, woher sie kam, noch jemals ihre Stimme gehört hatte und auch ihr Lachen und ihr Weinen nicht und dass er vor allem nicht wusste, wie sie hieß.

Aus diesem Grund, so erzählte er mir nach einer Pause, die mir sein Bedauern noch zu unterstreichen schien, überwältigte ihn die Erinnerung an seinen Traum, als sie dann tatsächlich aus der Haustür auf den Vorplatz des Sägewerks hinaustraten, und er spürte ihre winzige Hand in seiner und fürchtete, sie könnte seinem Griff entgleiten, um in den Himmel zu schweben, weshalb er sie so fest hielt, dass er Angst bekam, ihr weh getan zu haben.

Doch als er sich zu ihr wandte, sah er sie neben sich, ihr Gesicht, dessen Oval der Schleier aufgelöst hatte, vom Mondsilber erleuchtet; und so war er es, der Schmerz empfand, denn er erkannte, dass er, soviel Magie, Leichtsinn und Mut er auch aufbringen mochte, doch nie die Tiefe dieses Blicks erfassen und in sich bewahren konnte, die Landschaften, die darin enthalten waren, die Geschichten, die darin geschrieben standen, und den uralten Stolz aus einer Zeit, die zu fern für ihn war; nie würde er begreifen, worin die Bestimmung der Nomaden, der Reise und der Rast lag, des Suchens und des Lebens, was es mit dem Schnauben der Pferde auf sich hatte, den Felsen, betäubt von der Sonnenglut und zerborsten vom Nachtfrost und von der Bahn der Sterne, worin der Hauch der offenen Weiten lag, der goldenen Konturen der Dünen, des unendlichen Zyklus der Jahreszeiten, wo auch die Zeit ein Nomade ist, der sich selbst nachläuft in einem nie endenden Kreis.

Benommen von dieser Erkenntnis, hatte er nicht den Mut, sie nach ihrem Namen zu fragen, wie er es eigentlich wollte, um die Angst zu vertreiben, in die der Traum ihn versetzt hatte. Er zog sie nur zum Lastwagen, der auf dem Vorplatz stand, und setzte sie neben sich, auf den Sitz, auf dem ihm Marione seine Freundschaft geschenkt und ihm Gesellschaft geleistet hatte.

Er jagte die alte Karre die Straße zur Stadt hinunter, indem er die engen Kurven, die wie ein Stickmuster talwärts führten, schnell und zugleich sanft umrundete, ermuntert durch den langsam nachlassenden Druck in seiner Kehle, der der Wärme eines neuen Glücksgefühls wich, weil er vor sich eine wiedererlangte Freiheit hatte, das Steuer in der Hand, die Straße unter den Rädern und den Blick neben sich, nach dem er sich so sehr gesehnt hatte.

Als sich die Angst endgültig in einen entlegenen Winkel seines Herzens verzogen hatte und der Unbeschwertheit das Feld überließ, fühlte sich mein Vater wie der Herr der Welt, in der er umherfuhr, wie der Meister der Knoten und der König der Schlitzohren, und wie üblich feierte er diese Genugtuung mit Wortgirlanden, mit denen er Frauenherzen fesselte und sie zu Gefangenen seiner Geschichten machte, die mit Fröhlichkeit und mit seinen vier oder fünf verrückten Liedern gewürzt waren.

Und obgleich mich die Schläuche in meiner Kehle quälten, überließ auch ich mich der Unbeschwertheit, die diese Geschichte mir schenkte, sah vor mir wie über dem Armaturenbrett des Lastwagens Kurven und Berge vorbeisausen, spürte wieder den Trost des klopfenden Diesels in der Brust, stark und rhythmisch wie ein Herz, das mich, auch nach so vielen Jahren noch, am Leben erhalten konnte, und hörte die aberwitzige Zärtlichkeit in seiner Stimme, hinausgeschmettert im ewigen Erzählen und im Gebrüll seines fröhlichen Gesangs, mit dem er die Langeweile und die Angst auf unseren endlosen Fahrten vertrieben hatte.

Erst nach Stunden, erzählte er mir, hielten sie an, nach einem atemlosen Rasen durch Dörfer und menschenleere Weiten, ein Blitz, der dröhnend zwischen den Lehmhütten hindurchfuhr und die schlafenden Ziegen aufschreckte, den Ruf der ersten Muezzins übertönte, über das langsame Erwachen der Alten und ihre auf die aufgehende Sonne gerichteten Gedanken herfiel und mit seinem Getöse den Rhythmus der Bendirs abtötete, der geflüsterten Gebete, des Gähnens der streunenden Hunde, der uralten Reglosigkeit der Steine und des Staubs.

Ein fliehender Blitz, der erst zum Stillstand kam, als das tadellose Brummen des Motors in ein heiseres Stottern und gelegentliches Husten überging und schließlich aus Mangel an Kraftstoff verstummte.

Da stand die Sonne schon hoch am Himmel, und betäubt vor Müdigkeit und Hitze legten sich die beiden Flüchtlinge in den Schatten des Lastwagens. So fand man sie, schlafend wie zwei Kinder am Straßenrand, wo ihre

Flucht ins Stocken geraten war. Das Mädchen hatte noch die Kette am Handgelenk, mit der Monsieur Laplace sie ans Bett gefesselt hatte, eine Art Gängelband, das mein Vater ihr nicht abgenommen hatte, zuerst vor lauter Aufregung und dann aus Müdigkeit, und mit dem sie nun von den Gendarmen abgeführt wurde wie ein Kamel, das in die Dünen der Wüste entlaufen war.

Mein Vater wurde mit vier kräftigen Fußtritten geweckt und gezwungen, die Jacke mit dem riesigen P, die er im Lastwagen gelassen hatte, anzuziehen, so dass die Rollen und die Rangordnung in aller Klarheit sofort wiederhergestellt waren.

Er ertrug diese neue Demütigung leichten Herzens: Als die Schuhabsätze der Gendarmen ihn brutal aufrüttelten, träumte er gerade von Onkel Attilio und seinen verblüffenden Maschinen. Er hatte ihn hinter einer Düne, so hoch wie die Berge, die rings um ihr Haus standen, auftauchen sehen, in einem Piemont, das ihm aus der Perspektive dieses Traums so weit weg wie der Himmelsraum erschien. Er führte den gleichen Zug von Maultieren, mit dem er vor langer Zeit den steinharten Bergbewohnern die Eleganz und die Tiefe eines rubinroten Weines nahegebracht hatte. Auf den Packsätteln transportierte er keine Weinballons, Flaschen oder Schläuche, sondern eine komplizierte Apparatur, eine Frucht seines verrückten Erfindungsgeistes, ein Gewirr aus Platten und Bolzen, mit dem er mitten in der Wüste ein wundersames Freilichtkino aufbauen konnte, riesengroße Bilder von Schauspielern, an die Wände aus Sand projiziert, die der Wind zu einer Leinwand glättete, und so konnte er die erstaunliche Schönheit von Geschichten zum Leben erwecken, die von der Materie, aus der das Universum bestand, durchzogen waren, von der unendlichen Zartheit der Dünen und des leichten Windes, von der Erhabenheit der Sternenhimmel, die die Finsternis übersäten, von der Geduld der Tiere und der Zeit.

Mein Vater sah also im Traum, wie sein Onkel Attilio mit wenigen eleganten Handgriffen, einem Schausteller gleich, die Einzelteile seiner Erfindung zusammenbaute und wie vor seinen staunenden Augen das Wunder des Kinos erstand, sah sich voller Verblüffung selbst auf die große Sandfläche der Düne projiziert, als Held des Abenteuers, das er soeben zu Ende gespielt hatte, sah, wie er Aisha an der Hand hielt, die Hänge des Atlas hinunterraste und lauthals seine zusammenhanglosen Lieder sang, er, der gleichzeitig wie ein Besessener das Auto lenkte, berauscht von Angst und Glück, Hals über Kopf auf den staubigen Straßen bis zum Meer hinunter, in voller Fahrt, ohne anzuhalten, nicht einmal vor der unermesslichen Weite des Wassers, das ihm die gleiche Farbe zu haben schien wie Aishas Augen, ein Ozean von Blau, auf den er ungebremst zusteuerte, bereit, durch jeden Sturm zu fahren, auf und ab mit den Wellen bis in alle Ewigkeit am Lenkrad dieses klapprigen Lasters, bereit, selbst Kap Hoorn und Feuerland zu umschiffen. Er hielt das Steuer schon fest in der Hand und berechnete im Kopf den Kurs, als die Fußtritte der Wachen ihn auf den Boden der Realität zurückholten, dorthin, wo es keine zu durchquerenden Weiten gab, sondern nur die Beengtheit seiner Lage, wo es Gebrüll und Ohrfeigen gab und die wütenden Gesichter der Gendarmen, die ihn grob beschimpften, wo er in Ketten gelegt und scharf bewacht wurde, festgeschnürt, mit verbundenen Augen, eingesperrt zwischen den engen Wänden eines Lastwagens, der nun zum Exekutionskommando fuhr.

20

In den Tagen nach dem Waffenstillstand schien eine totale Konfusion über das Leben der Menschen in dem kleinen Dorf hereinzubrechen. Von den missverständlichen Bekanntmachungen in Rundfunk und Zeitungen in die Irre geführt, glaubten die meisten, wirklich am Ende eines abenteuerlichen Krieges angelangt zu sein, der, nachdem er sich viele Menschen geholt hatte, die er als Soldaten verkleidet hatte, nun begann, Zerstörung und Furcht auch in diese Häuser zu bringen.

Dennoch war auf die aus den Lautsprechern abgefeuerten Worte eine gewisse Unbeschwertheit gefolgt, fast so etwas wie eine Befreiung, die sich darin geäußert hatte, dass man Dutzende von Flaschen mit einem guten Tropfen herausrückte, die plötzlich aus den unglaublichsten Verstekken zum Vorschein kamen und die man nun kredenzte, um darauf anzustoßen, dass man noch einmal mit heiler Haut davongekommen war; mit herzlichen Umarmungen und überschwenglichen Trinksprüchen, mit der gleichen Liebenswürdigkeit ausgetauscht, die sonst nur kirchlichen Feiertagen und dem Fest des Schutzpatrons vorbehalten war; mit einer ungewöhnlichen, freudigen Erregung, wie sie in jenen Zeiten wahrlich nicht oft vorkam, in denen statt Unbeschwertheit und Fröhlichkeit vielmehr Angst und Schrecken regiert hatten.

Hinzu kam die Freude über die Aussicht auf die Rückkehr der Angehörigen von der Front eines Krieges, der nun keine Existenzberechtigung mehr hatte. In den Grüppchen vor der Kirche, an den Stammtischen und bei den Tischgesprächen in den Familien wurden die Mutmaßungen zum Ausgang der Kämpfe, die Berichte über die Bombenangriffe auf die Stadt und die Kommentare zu den amtlichen Nachrichten – der gelesenen oder der nachts dem Krächzen von Radio London entlockten – durch die Vermutungen darüber ersetzt, wieviel Zeit die Rückkehrer wohl brauchten, um die Entfernung bis nach Hause zurückzulegen.

So tauchten Landkarten und Atlanten von den unterschiedlichsten Gebieten Europas und Nordafrikas auf, und jeder heftete seine Augen auf diese Abbildungen der Welt, um sich zu vergewissern, wo ein bestimmtes Land lag oder wie hoch ein Pass war, fuhr mit dem Finger den Weg einer Straße oder einer Eisenbahnlinie entlang und überquerte mit seiner Sehnsucht kurzerhand Ebenen, Meeresarme und ganze Gebirgsketten.

Man stellte sich die Heimkehr der Soldaten gemeinhin mit dem Glanz des Abenteuers behaftet vor, wie auf den Bildern, die auf die Leinwand des Cinema Imperiale projiziert wurden, wo jede Aufnahme etwas heldenhaft Romantisches hatte, mit Gesichern voller Wüstenstaub, gezeichnet von Strapazen, mit Augen, die unbekannte Orte gesehen hatten, und mit Mündern, die es natürlich kaum erwarten konnten, die tollsten Geschichten zu erzählen.

In dieser erträumten Herrlichkeit sollten die bevorstehenden Umarmungen nun die Wiedervereinigung mit einem Teil ihrer selbst besiegeln, der allzu lange gefehlt hatte, etwas, was mit diesen jungen Männern in die Welt hinausgezogen war, weit fort von zu Hause, zu geheimnisvollen, entlegenen Orten, deren bloße Namen auf der Landkarte schon Neugier weckten und Respekt und manchmal auch Angst einflößten, in einer Ferne, deren einziger Sinn nunmehr in dieser Hoffnung auf eine Rückkehr zu bestehen schien.

Doch die Unbekümmertheit dauerte nicht länger als ein Sonnenstrahl, der bei einem Unwetter durch ein Wolkenloch fällt. Denn statt der Heimkehrer tauchten in den Straßen des kleinen Dorfes alsbald die Uniformen von Soldaten auf, die noch wenige Tage zuvor Verbündete gewesen waren und die nun Feinde waren und mit Hilfe noch immer regimetreuer Faschisten die Fortsetzung eines Krieges bestätigten, dessen Sinn und Notwendigkeit die meisten Menschen nicht mehr nachvollziehen konnten.

Zudem bot keiner der Soldaten, die dann tatsächlich auf der Straße aus der Stadt erschienen, das heldische Bild des Kämpfers, der leidenschaftlich sein Vaterland verteidigt hatte, sondern das von zerstörten Burschen und Männern, geschwächt durch Strapazen und Angst und so irritiert, dass sie nicht mehr genau wussten, ob sie sich als Helden, als einfache Soldaten oder als Deserteure fühlen sollten. Sie kamen am Dorfeingang an und ruhten sich einen Augenblick auf dem Platz neben der scharfen Kurve aus. Ihre Erzählungen hatten nichts von der Romantik, die jeder erwartet hatte, als er sich die glückliche Rückkehr von Freunden oder Verwandten vorgestellt hatte, vielmehr bestanden sie aus herben Sätzen und Flüchen, aus Berichten von Niederlagen und von einem ebenso langen wie schlimmen Krieg, aus Tränen bei der Erinnerung an die Toten, aus der Schilderung der von Kanonen und Geschützen zerfetzten Körper, in einer einzigen, ununterbrochenen Kette von Wörtern, die stets in den Traum mündete, endlich den Weg nach Hause zu finden.

Diese Erzählungen vermittelten den Menschen mehrere Tage lang den Geschmack des gekämpften Krieges, sie atmeten den Geruch der in den Tod geschickten Körper, erfuhren, wie qualvoll und leicht es sich starb, und aus den Bildern, die sie aus diesen Worten gewannen, aus diesen Gesichtern, aus dem wenig glorreichen Gestank der Uniformen und Kleider derer, die zurückkehrten, montierten sie nun einen weitaus weniger glanzvollen, von Mitleid, Bangigkeit und Leid durchzogenen Film.

Mittels dieser Bilder erkannten sie klar und schmerzlich, dass nur wenige ihrer Söhne, ihrer Freunde und Bekannten, die der Krieg mit sich fortgenommen hatte, in der scharfen Kurve vor dem Dorf wiederauftauchen würden, waren viele doch von Kanonenkugeln zerschmettert oder im Schnee erfroren, durch endlose Märsche zerstört, vom Wüstensand verschlungen und schließlich durch die Absurdität eines Waffenstillstands zersprengt, der sie zum Freiwild für Soldaten machte, die einst ihre Freunde gewesen waren.

Wie verzweifelte Wanderer suchten diese umherirrenden Männer Zuflucht vor etwas, dem sie nicht mehr begegnen wollten, und versuchten, einer Gefangennahme zu entgehen, die sie vor die Wahl zwischen einer neuen Einberufung einerseits und Haft und vielleicht Tod andererseits gestellt hätte.

Im Gegensatz zu dem Opportunismus, der ihn sonst geleitet hatte, verhielt Tonio sich in dieser schwierigen Zeit großzügig und selbstlos. Zu diesem Wandel hatte gewiss auch die Abwesenheit seines Bruders und meines Vaters beigetragen; jahrelang waren sie nun schon weg, und man hatte schon lange nichts mehr von ihnen gehört, weder war eine Postkarte geschickt worden noch hatte jemand eine Nachricht überbracht.

Dieses Schweigen war Tonio anfangs zwar wie die Besiegelung seiner Position als einziger Eigentümer des Hauses und des Unternehmens erschienen, war jedoch im Lauf der Ereignisse, mit dem näher kommenden Krieg und seinem schlimmen Ausgang, mit der Verantwortung für die Familie und mit dem Luftschutzkeller, der ihn zunehmend Zeit und Aufmerksamkeit kostete, zu einer Belastung geworden, zu einem Stachel, der sich in ihn grub, tiefer noch als er selbst es mit Schaufel und Spitzhacke unter der Brennerei tat.

Als er dann an dem Abend nach der absurden Proklamation auch noch den Eindruck hatte, er sähe in jenen vereinzelt an seinem Haus ankommenden armen Teufeln mit dreckigen Uniformen und abgerissenen Kleidern und mit müden, angsterfüllten Augen das Schicksal seines Bruders und seines Neffen vor sich, krampfte sich sein Inneres in einem nie empfundenen Kummer zusammen.

Eine alte Barchentjacke erinnerte ihn an die, die sein Bruder Attilio an dem Tag getragen hatte, als er sich mit einer Umarmung von ihm verabschiedet hatte, bevor er zum Bahnhof gegangen war. Von nun an bat Tonio alle, die am Platz vor der scharfen Kurve Rast machten, unentwegt und vergeblich um Auskunft, und so wie schon den Evakuierten, die vor den Bombenangriffen geflohen waren, lauschte er nun gespannt und beunruhigt den Berichten derer, die nach der Niederlage in einem schändlichen Krieg heimkehren wollten, denn er hoffte, einen Hinweis, einen Namen, eine Information aufzuschnappen, etwas, was ihn zumindest für einen kurzen Augenblick wieder mit dem verrückten Erfindungsgeist seines Bruders und mit der Jugend seines Neffen zusammenbrachte.

Da sie am Weg derer lagen, die unter der zunehmend erdrückenden Präsenz der deutschen Truppen und der neuen

Milizen der Salòfaschisten versuchten, nach Hause zurückzukehren, begannen viele Einwohner des kleinen Dorfes, Tonios Kellerprojekt mit weniger Zynismus als bisher zu betrachten, was in manchen Fällen sogar in offenes Interesse umschlug, als die Kontrollen und Festnahmen durch das neue Regime immer häufiger wurden und eine regelrechte Hetzjagd auf jeden eröffnet wurde, der sich auch nur die geringste Unregelmäßigkeit zuschulden kommen ließ.

So kam es, dass der Keller unter der Brennerei nun als ein gutes Versteck für einen Angehörigen angesehen wurde, als ein Ort, wo man auf bessere Zeiten oder auf eine Fluchtmöglichkeit warten konnte; also nicht länger als ein deutliches Zeichen von Wunderlichkeit, sondern als ein willkommenes Beispiel für eine Vorsicht, die sich nun als rettend erweisen konnte.

Von den vielen Pflichten stark in Anspruch genommen, die er allein zu bewältigen hatte, zog sich Tonio angesichts der unerwarteten Bitten um gastliche Aufnahme nicht zurück, sicherlich dadurch entschädigt, dass die Vorzüge seines Projekts endlich bewiesen waren, eines Werks, das auf diese Weise nicht nur zu einer Zuflucht vor Bombenangriffen wurde, sondern zu einer Zuflucht ganz allgemein, die ihn über die Mühen hinwegtröstete, unter denen er es vollbracht hatte, über die Kosten, die Kritik und das Gespött, das er hatte ertragen müssen.

Merkwürdigerweise war Tonios gefährliches Engagement für ihn kein Grund zur Sorge, sondern im Gegenteil eine Erleichterung, weil er dadurch etwas wiedergutmachen konnte, und er verstand es stets als eine ausdrückliche Hommage an Attilio und meinen Vater in der Ferne.

Wer sich hingegen ausgesprochen ablehnend gegen dieses Asyl zeigte, war Adalgisa, die durch ihr hysterisches Geschrei, ihr Gejammer und ihre Drohungen, mit denen sie ihren Mann von seinen Absichten abzubringen hoffte, des öfteren beinahe wirklich verraten hätte, was unter der Brennerei vor sich ging. So musste Tonio nicht nur mit der Vorsicht handeln, die die Situation ohnehin gebot, sondern zudem all seine kaufmännische Gerissenheit und Diplomatie im Wechsel mit Autorität, Zärtlichkeit und Entschlossenheit aufbieten, um Adalgisa daran zu hindern, eine Dummheit zu begehen. Er bedauerte es mehr als einmal, dass mein Vater und seine Essenzen nicht da waren, die er für die Tante zubereitet hatte, bevor er nach Afrika gegangen war, dieser Vorrat, der, solange er reichte, den Charakter dieser Frau sanft und fügsam gemacht hatte.

Allerdings konnte Tonio auf die Unterstützung meiner Großmutter und Mariannas zählen, die, sobald sie bemerkt hatten, was unter der Brennerei vor sich ging, ohne zu zögern mit allem aushalfen, was die Gäste im Keller benötigten. In diesen schwierigen Zeiten erwies sich die Kaninchenzucht von Attilios Frau als ein Glück, denn mehr als einmal lieferten die Nagetiere eine Mahlzeit für die versteckten Besucher; und meine Großmutter schien sich mit der Unterstützung, die sie diesen Menschen gewährte, ein wenig über ein Leben hinwegzutrösten, das sie zwischen einer despotischen Schwägerin und einem opportunistischen Schwager zur Einsamkeit verurteilt hatte, verbannt in wenige Zimmer, die mit den mechanischen Apparaten meines Vaters vollgestopft waren, diesen kurzweiligen, treuen Gesellen.

Mit ihren magischen Klängen erfüllten diese Maschinen das Dasein meiner Großmutter, die auf die Rückkehr meines Vaters wartete, mit Leben und retteten sie, Tonios

Familie, Marianna und alle Flüchtlinge darüber hinaus vor dem Wüten der Deutschen.

Sosehr die Anwesenheit von Personen im Keller auch mit unzähligen Vorsichtsmaßnahmen geheimgehalten wurde, blieben die ungewöhnlichen Bewegungen rings um die Zufluchtsstätte doch nicht unbeobachtet in dem kleinen Dorf. Ein paar Halbsätze, die jemandem entschlüpft waren, vielleicht eine Denunziation, riefen eine deutsche Patrouille auf den Plan, die plötzlich vor der Brennerei erschien. Das Chaos auf dem Hof voller Doppel-T-Träger, Zementhaufen und Kies verbarg glücklicherweise den Kellereingang vor den Augen der Soldaten, so dass es Tonio, der erneut seine Redegewandtheit mobilisierte, gelang, den Offizier, der die Inspektion leitete, in die Räume der Brennerei zu locken. Die Situation war keineswegs angenehm: Mit inquisitorischem Gebaren, außerordentlich grob und unhöflich begannen die Militärs, überall herumzustöbern, wobei sie hinter Regalen wühlten, Schränke verrückten und die Durchsuchung mit gebellten Befehlen begleiteten, die Tonio und den beiden Arbeitern, die ihm zur Hand gingen, kalte Schauer über den Rücken jagten.

Da nützte auch seine Bemühung nichts, die Deutschen abzulenken, indem er sie einlud, sich das Destillationsverfahren anzuschauen, sich von der Reinheit des Produkts zu überzeugen und die letzten Filtrate oder die Kreationen zu kosten, in denen er sich trotz der schweren Zeiten als Meister der Destillierkunst versuchte. Der Offizier hörte eine Weile zu, sah sich voller Ungeduld Tonios weit ausholende Gesten an, folgte gereizt dessen Erklärungen und brüllte ihm dann herrisch die Forderung zu, ihm gefälligst den Eingang zu dem berühmt-berüchtigten Keller zu zeigen.

Tonio glaubte sich verloren. Sein Blick sandte einen

flüchtigen Abschiedsgruß zu den Arbeitern, die ihn erwiderten, aschfahl im Gesicht wie Tote, dann bedeutete er dem Offizier mit unveränderter Liebenswürdigkeit, ihm hinauszufolgen. Als er die Tür zum Hof öffnete, bestürmten ihn unzählige Gefühle. Einen Moment lang war ihm, als wäre die Zeit nie vergangen, als wäre er wieder ein kleiner Junge und dies die Tür zur Schule, aus der er am ersten Tag, als Attilio ihn dorthin gebracht hatte, hinausgerannt war. Als der Lehrer ihn mit dröhnender Stimme aufrief, hatte sich Tonio auf seiner Bank wie gefangen gefühlt, eingesperrt von einer Autorität, der er auf keinen Fall unterstehen wollte. Also war er von seinem Platz aufgesprungen und durch den Flur davongelaufen, war die Treppen hinuntergehastet bis zu der großen Glastür, hatte sie mit einem Ruck aufgerissen und draußen auf dem Schulhof, weit hinten am Gittertor, seinen Bruder stehen sehen, im Begriff, auf das Fahrrad zu steigen, mit dem er Tonio in dieses Gefängnis gebracht hatte.

Der Schrei, den er ausstieß, schien nicht aus seinem Mund zu kommen, ein mächtiger Schrei, ein Donner, der Attilio dazu brachte, sich umzudrehen, und wie mit einer unsichtbaren Leine zwang Tonio ihn, zu ihm zurückzukommen, stehenzubleiben, seine Umarmung über sich ergehen zu lassen und auch seine klägliche Bitte, ihn doch fortzubringen.

Als er unter den Augen der Deutschen auf dem Hof stand, wo sich der Eingang zum Kellerversteck befand, und mit einer Hand noch die Tür zur Brennerei festhielt, spürte Tonio die Last der vergangenen Zeit auf sich, die Müdigkeit nach allem, was geschehen war, seit Attilio ihn als Kind in die Arme geschlossen und ihm Frieden und Trost gegeben hatte, bis hin zu diesem Augenblick, da er erneut mit einer Autorität konfrontiert war, der er nicht unterstehen wollte.

Er spürte in diesem Moment stark und unerträglich die Summe all dessen, was er zwischen diesen beiden Zeitpunkten getan hatte, spürte die Wünsche, die Träume, die Fehler, die tausend kleinen und großen Dinge, mit denen er versucht hatte, Schwäche und Angst zu bannen, daran zu glauben, sie mit seinem Auftreten als ehrenwerter, erfolgreicher Bürger, der aus jeder Situation seinen Vorteil schlagen konnte, besiegt zu haben, und nicht mehr der kleine Junge zu sein, der nun verwirrt und erschreckt auf dem unordentlichen Hof nach der beruhigenden Gestalt des Bruders suchte, der sich, vielleicht auch seinetwegen, nach Afrika abgesetzt hatte.

So schluckte er seine Angst hinunter und unterdrückte den Wunsch, Attilios Namen zu schreien, doch als er sich schon zu dem Offizier umgedreht hatte, um ihm den Weg zum Keller und zu seinem eigenen Ende zu zeigen, hörte er aus dem Haus, aus den Räumen, in denen meine Großmutter wohnte, das unverwechselbare Keuchen einer Lokomotive, ein Schnauben von Kolben und Dampf, das durch die Mauern so real und so gewaltig direkt auf sie zukam, dass die Soldaten sich in der Annahme, ein Zug rase in voller Fahrt auf sie zu, hastig umschauten.

Es war nicht leicht für Tonio, sie davon zu überzeugen, dass dieser Lärm von einer Maschine stammte, die von der Handwerkskunst seines Bruders und seines Neffen geschaffen worden war, von einem vollkommen unnützen, verrückten Erfindungsgeist, der sich lediglich harmlose Eisenknäuel ausdenken konnte, nur gut dazu, einer unglücklichen Witwe die Zeit zu vertreiben und ihr Gesellschaft zu leisten, weiter nichts.

Man konnte sie nur überzeugen, indem man sie persönlich in die drei Zimmer führte, die meine Großmutter mit diesen nutzlosen Apparaten teilte, und damit zum Ursprung des Lärms und zugleich zu den anderen Mechanismen, die den Flügelschlag der Vögel nachahmen konnten und ein Donnerkrachen, Motorengedröhn, die Strömung der Wildbäche, die Meeresbrandung und Dutzende weitere Geräusche der Welt, die die Herzen der Soldaten in wenigen Minuten erweichten.

Diese strengen Vollstrecker der faschistischen Ordnung, die mit der unerbittlichen Miene von Inquisitoren, mit vorgehaltenem Gewehr und mit schwerem Schritt in die Zimmer meiner Großmutter eingedrungen waren, entspannten ihre grimmigen Gesichter innerhalb weniger Minuten und lockerten die Schroffheit ihrer Bewegungen, während sie, verblüfft über soviel Magie, zwischen den mechanischen Prachtstücken Attilios und meines Vaters umhergingen wie Kinder zwischen den Karussellen eines Jahrmarkts.

Sie lachten amüsiert über Eisengewirr und Metallfedern, die ein Miauen und das Rauschen des Regens nachahmten, applaudierten fasziniert, als sie aus einem Würfel, der nicht größer als ein Schuhkarton war, das Klopfen eines Dieselmotors hörten, fuhren zunächst erschrocken und dann verwundert bei dem Maschinengewehrknattern auf, das mit dem leichten Drehen einer Kurbel erzeugt wurde, und angesichts einer flötenartigen Klangflut, die an die Orgeln ihrer gotischen Kirchen erinnerte, überkam sie fast so etwas wie Rührung, so dass sie endgültig ihr furchterregendes, todverheißendes Aussehen einbüßten.

So kam es, dass sich die Suche nach dem Kellerversteck und seinen Bewohnern zwischen den Räderwerken der Maschinen verlor, die meine Großmutter zum Vergnügen der Soldaten in Gang gesetzt hatte, und diese unter dem Einfluss der Geräusche und durch die Bewunderung für das Genie, das diese Wunderwerke erschuf, verzaubert wurden.

Darüber hinaus war meine Großmutter so freundlich, dem reitsportbegeisterten Offizier eine Maschine zu schenken, die Pferdegetrappel imitierte, so dass er, nicht ohne ihr zuvor mit einem reumütigen Handkuss seine Ehrerbietung bekundet zu haben, glückstrahlend von dannen zog, meinen Onkel respektvoll grüßte und selig in die Kaserne zurückkehrte, um sich von Galoppgeräuschen einlullen zu lassen und zu vergessen, weshalb er vor kurzem auf diesen Hof gekommen war und die Schuldigen für einen unannehmbaren Verrat mit Verhaftung und Deportation hatte bestrafen wollen.

21

Im dunkeln, mit der Augenbinde, die ihm die Sicht nahm, spürte mein Vater, wie er vom Lastwagen auf den Kasernenhof gestoßen und dann unter Fußtritten und Knüffen mit dem Rücken zu der Wand dirigiert wurde, an der er erschossen werden sollte.

Inmitten der aufgeregt gebrüllten Befehle und der Geräusche der Schritte der Soldaten, die ihre Gewehre auf seine Brust richten würden, erkannte er das Sehnen wieder, das er schon im Bauch seiner Mutter gespürt hatte, als er gezeugt worden war, die starke, doch angenehme Umklammerung der Liebe seiner Eltern, die ihn in die Welt schleuderte und ihm die Fähigkeit schenkte, das Leben mit der Lust, es auszutricksen, aufs Spiel zu setzen. Daher schien ihm der Tod durch ein Dutzend Kugeln, die ihm mitten ins Herz geschossen werden sollten, nicht so sehr ein Opfer zu sein als vielmehr etwas, was Teil der Spielregeln war. Doch der Gedanke an die noch immer gefangengehaltene Aisha, an ihren Blick, eingesperrt zwischen den düsteren Wänden des schrecklichen Hauses von Monsieur Laplace, dieser Gedanke verdarb ihm die angenehme Gesellschaft des Gefühls, mit der er stets die Angst zerstreut hatte.

Während seine Augen versuchten, das Dunkel vor ihm zu durchdringen, erwog mein Vater blitzschnell die Möglichkeit zu fliehen, seine Hände mit einer einfachen Drehung, die ihn nicht mehr Mühe als ein Händedruck und nur die Zeit eines Gähnens gekostet hätte, von den Strikken zu befreien und dann unter Ausnutzung des Überraschungseffekts ein Ablenkungsmanöver zu starten, einen Jahrmarktstrick, um die Soldaten zu irritieren und sich wie ein Hase einen Fluchtweg entlang der Kasernenmauer zu suchen.

Mit seinen bereits von den Fesseln befreiten Händen nahm er die Augenbinde ab, um sich die Situation einzuprägen, und begegnete dem Blick eines Offiziers, der etwas erstaunt über diese unvermutete Fingerfertigkeit war, und hinter dem Militär den harten, verächtlichen Augen und dem wohlbekannten Gesicht von Monsieur Laplace, der, mit Papieren in der Hand, gekommen war, um mit Berufung auf irgendwelche absurden Bestimmungen oder, was wahrscheinlicher war, auf irgendwelche Privilegien sein Eigentum zurückzufordern. So wurde er erneut gefesselt, diesmal mit zwei großen Schlössern, die eine doppelte Kette sicherten, und unter der strengen, stummen Aufsicht seines Herrn ins Atlasgebirge zurückgebracht.

Die ganze Fahrt über, erzählte er mir, sagte der Franzose kein Wort, und sein Schweigen war bedrohlicher, als eine wütende Beschimpfung oder ein Gebrüll es hätten sein können. Auch mein Vater zog bei seiner Geschichte die Wörter in die Länge, machte Pausen, die die Zeit zwischen den Wänden meines Zimmers anhielten, so dass sie langsam und schwer wurde, und ich klammerte mich mit aller Kraft daran, um mir seinen Gemütszustand vorzustellen, um weiter darauf zu harren, sein Schicksal und das von Aisha zu erfahren, um die Last dieser Geschichte zu ertragen, die mir den Atem nahm.

Mit einer Erregung, die mir die Kehle stärker zuschnürte als die beklemmende Krankheit, lauschte ich der Schilderung seiner Ankunft im Sägewerk, wo er, zusammengebunden wie ein erbeutetes Wild, den anderen Gefangenen als abschreckendes Beispiel vorgeführt wurde. Man schleifte ihn in seine Baracke, wo seine unverschämte Tat geahndet worden war, indem man die Destillierkolben, die Töpfe und alle Gerätschaften zerstört hatte, mit denen mein Vater seine aromatischen Tränke braute.

Nur die große Truhe mit den Beschlägen schien dem Angriff widerstanden zu haben, und zu dieser Kiste wurde er von Monsieur Laplace nun gestoßen, der schließlich sein Schweigen brach. Seine Worte waren streng und höhnisch. Nur wenige trockene Sätze darüber, was Freiheit sei und wem sie zustehe. Wer sie besitzen und wer sie kaufen, wer sie schenken und wer sie rauben könne. Dann befahl er ihm, in die Kiste zu steigen.

Während er das erzählte, krümmte sich mein Vater zusammen und schlang, fast wie ein Embryo, die Arme in einer Haltung um seinen Körper, die mich beruhigte. Trotz der entsetzlichen Dunkelheit, die sich nun um ihn schloss, war diese Stellung, in der er seine Entfesselungskünste erlernt hatte, ein Trost für mich. Auch er, kann ich mir vorstellen, muss diesen Trost empfunden haben, diese Sicherheit, die sich in die prahlerische Geste verwandelte, mit der er, kurz bevor der Deckel über seinem Kopf zuschlug, ein Lächeln aufsetzte und seinen Freunden zuwinkte, als wären sie ein respektables Theaterpublikum.

Zwischen den Holzwänden zusammengekauert, die einst die Gebeine der senegalesischen Sklaven beherbergt hatten, gab er sich dem Vergnügen hin, die Gerüche der Gewürze und Essenzen wiederzuerkennen, die in dieser Kiste eingeschlossen gewesen waren, und berauschte sich an den Eigenschaften, die sie alle wie eine Erinnerung hinterlassen hatten, und so schuf er sich in einer Art künstlerischer Improvisation ein Duftgemisch, das ihm half, die langweiligen Stunden zu ertragen, die zäh verstreichende Zeit, die den, der ihn eingesperrt hatte, von seinem Ableben überzeugen musste.

Dann befreite er sich, wie aus einem erholsamen Schlaf erwacht, in wenigen Minuten von den Ketten und öffnete vorsichtig den Deckel der Truhe. Die Dunkelheit draußen war kaum weicher als die, der er gerade entronnen war, und nur mit Mühe konnte er die Reste seines zertrümmerten kleinen Laboratoriums erkennen. Die Tür zum Vorplatz gab wenig mehr als den schwachen Laut eines Atemzugs von sich und tat die kühle Nachtluft des Atlas vor ihm auf. Weiter hinten, vor dem Vorhang der Berge, die düsteren Umrisse des Hauses von Monsieur Laplace.

Mein Vater zögerte nicht den Bruchteil einer Sekunde, dachte keinen Augenblick an eine andere Möglichkeit. Er lächelte, so wie er mich anlächelte, als seine Hand die Richtung seines Wegs beschrieb, seines sicheren Kurses auf die Verandafenster zu, hin zu Aishas Blick und zu dem Anlass, der seinen Trickserereien einen Sinn gab. Denn, so sagte er und wies auf die Maschine, die Luft in das pumpte, was von meinen Lungen noch übrig war, man kann die Partie nicht mittendrin aufgeben. Ein Spiel ist eine ernste Angelegenheit, und ernst ist die Magie, kompliziert und schwierig sind die Tricks, und nie darf eine Übung vor der Auflösung abgebrochen werden.

Dass diese Partie heikel war und bis zum Ende gespielt werden musste, war ihm klar, als er in das Zimmer kam, in dem Aisha eingesperrt war. Er sah in den Augen, in die er sich rettungslos verliebt hatte, eine tiefe Verzweiflung, die Verletzung durch eine demütigende Kränkung, wie ein Schnitt quer über die Leinwand eines Meisterwerks. Neben diesem misshandelten Blick sah er Monsieur Laplace sitzen, hellwach, und er verstand.

Der Franzose schaute ihn mit schiefem Lächeln an. Er habe auf ihn gewartet, sagte er. In der Hand hielt er eine Pistole, mit der er auf den Bauch des Mädchens zielte. Auf ein schroffes Zeichen von ihm tauchten hinter der Tür zwei seiner Männer auf und packten meinen Vater, so dass er einen nie gekannten starken Schmerz spürte, etwas schwer Fassbares, die Vorstellung von einem Feuer ohne Flamme, einem zerfetzten Segel, einem Vogel, dem man die Flügel abgeschnitten hatte. Wenn es möglich ist, dass Wasser in Wasser ertrinkt und erstickt, erzählte er mir, dann waren Aishas Augen ein Ozean, der keine Luft mehr bekam.

Er kannte die Spielregeln und wusste daher, dass der Einsatz diesmal höher sein würde, doch nicht einen Moment lang, erzählte er mir, hatte er Angst um sich selbst. In seiner prahlerischen Art zerstreute er jeden meiner Zweifel mit seinem üblichen Schulterzucken. Nein, er hatte Angst um Aisha, eine Angst, diktiert von der Grausamkeit, die er in den Bewegungen von Monsieur Laplace sah, und von der hinter seinem Schweigen versteckten Wut, von derselben Materie, die das Leben jener Menschen gekauft, verkauft und zerbrochen hatte, deren Habseligkeiten das Haus beherbergte.

Er wurde auf die Veranda gebracht und an einen Pfeiler gebunden, genau vor dem Fenster, an dem er sich in den tiefblauen Blick verliebt hatte. An diesem Fenster, hinter diesen Scheiben wurde das Mädchen von ihrem Besitzer gezwungen, die Qual des Mannes mit anzusehen, der es gewagt hatte, sie von Freiheit träumen zu lassen. Diesmal wurde er nicht einfach in eine Truhe gezwängt. Lachend und mit höhnischen Bemerkungen setzte einer der Männer von Monsieur Laplace ihm zwei Skorpione auf die Schultern, ließ zwei weitere seinen Rücken hinuntergleiten und steckte ihm noch zwei als besondere Demütigung unterhalb des Gürtels in die Hose.

An mehreren Stellen gestochen, begann der Rücken meines Vaters anzuschwellen und einen Buckel zu bilden, der ihn zwang, sich zusammenzukrümmen, während sich auch sein Bauch zusehends aufblähte. Anfangs behielt mein Vater seine großspurige Art bei und schickte die vier, fünf verrückten Lieder, mit denen er sonst immer die Langeweile auf seinen Fahrten vertrieb, zu den morbiden Blicken seiner Peiniger hinüber.

Als er zum Fenster schaute, zum Blau von Aishas Augen, das zu einem trauernden Schwarz geworden war, ließ er es sich nicht nehmen, ihr ein Liebeslied zu singen, ein eigenartiges Ständchen, hinausgeschrien am Abgrund des Todes.

Doch mit der Zeit wurden seine Ausgelassenheit und seine Großmäuligkeit von dem bösartigen Gift zersetzt, und fast ohne es zu merken, glitt mein Vater vom Grölen der Mazurkarhythmen, nach denen er sich mit seinen vielen Mädchen gedreht hatte, hinein in Erinnerungen und Bilder, die die toxische Wirkung der Stiche ihm unvermutet in den Kopf und vor die Augen träufelte.

Unter den kalten Blicken von Monsieur Laplace und seinen Männern und vor den entsetzten Augen der Mitgefangenen, die der sonderbaren Exekution beiwohnen mussten, wurden auf diese grausame und surreale Weise die Lebensfetzen der Menschen weggeschleudert, die mein Vater gekannt hatte, die Orte, die er gesehen und die Ereignisse, die er erlebt hatte.

An den Verandapfosten gebunden, während sein Körper

anschwoll wie ein Weinschlauch und sein Geist sich in dem vom Gift verbreiteten Nebel verlor, lief er weinend zu meiner Großmutter, um ihr die Nachricht vom Tod des Capomastro zu überbringen, spürte er noch einmal die Ergriffenheit über den Händedruck seines Vaters und die Unerschütterlichkeit von dessen Liebe, die zusammen mit dem rosa Putz an den Wänden des von ihm gebauten Hauses haftete. Er baute die Motoren der Zweiräder auseinander und wieder zusammen, wie er es in Attilios Werkstatt gelernt hatte, und lachte vergnügt beim Anblick der tausend verschiedenen Bewegungen, die er den unfertigen Entwürfen der Maschinen seines Onkels entlocken konnte. Er verzweifelte vor der Bahn der Geschosse, die Mariones Leben zerfetzten, in einem Bombenkrater liegend trotzte er im Kugelhagel der Engländer noch einmal dem Tod. Mit seinen Geschichten breitete er erneut einen Schleier von Worten aus, um seine verwirrten Freunde vor der Sonne Afrikas zu schützen, und er verlor sich stundenlang darin, wie ein Marktschreier die gleichen verrückten Flunkereien zu rufen, mit denen er die Marokkaner, die Berber und das gesamte Wüstenvolk überredet hatte, seine duftenden Mixturen zu kaufen, um die Lepra, das Heimweh, die Sehnsucht, die Malaria, den Neid, die Angst vor Verrat und die Furcht vor der Leere zu besiegen.

Vor ihm sitzend wie bei einer Theateraufführung, hörten Monsieur Laplace und seine Handlanger eine ganze Weile zu, wie aus dem nunmehr verzerrten Mund meines Vaters die Lieder, die Schreie und all das drangen, was er wie einen endlosen Wasserfall über ihnen ausschüttete. Sie sahen zu, wie sein Körper aufquoll, zunächst gelb wurde wie die Blütenblätter einer Sonnenblume und dann langsam in Smaragdgrün überging, dann in Dunkelblau und schließlich in ein fauliges Violett, das alle an die Farbe der Leichen erinnerte, die der Krieg überall im Übermaß verstreut hatte.

Sie machten sich gegenseitig auf den Umfang seiner Schenkel aufmerksam, der mit jeder Minute zunahm, bis die Beine meines Vaters zwei Sykomorenstämmen glichen, während sein mit Skorpionstichen übersäter Bauch rund und prall wie der eines trächtigen Kamels war.

Nachdem dieses Schauspiel viele Stunden gedauert hatte und die Neugier schließlich von Müdigkeit verdrängt war, siegten Langeweile und Überdruss, da es mittlerweile wirklich schwierig war, an dem an den Pfeiler gefesselten Körper noch menschliche Züge auszumachen, und so gingen die Folterknechte langsam auseinander, nicht ohne noch die eine oder andere Photographie zum Beweis dafür zu schießen, was man mit Rachedurst und einer genügenden Anzahl von Skorpionen alles erreichen kann.

Nur Monsieur Laplace blieb noch etwas länger, um dem spärlichen Trupp von Gefangenen die Folgen des Ungehorsams vor Augen zu führen und sich als letzte Sorge, bevor er Aisha wieder an sein Bett fesselte, zu vergewissern, dass das Mädchen das langsame Verenden ihrer Hoffnung, die nun als unförmige Masse am Verandapfeiler klebte, gründlich mit ansehen konnte.

So legte sich die Nacht auf die dahinsiechenden Reste meines Vaters, während er, nunmehr ohne die Gestalt, in der er in der Welt bekannt gewesen war, sich weiter durch seine Erinnerungen an das lavierte, was er in dieser Welt so angestellt hatte. Es war eine regelrechte Seefahrt, und sie half ihm, die schmerzenden Stiche und die lange Zeit zu ertragen, die nötig war, bis das Gift seine gefährliche Kraft verlor.

Über den Ausgang dieser Folter war er nie im Zweifel gewesen: Mit einer gewissen Genugtuung erzählte er mir, dass ein richtiger Scharlatan Gegengifte zur Grundlage seiner Täuschungen macht. So hatte er sich von klein auf bemüht, Mittel gegen die Bisse von Spinnen und Vipern zu finden, gegen die Stiche von Zecken, Hornissen, Bremsen und gegen die äußerst schmerzhaften Bisse der Taranteln, war neugierig auf die Wunderkräfte, die dem venezianischen Theriak nachgesagt wurden, und auch später, in den vielen Stunden, die er nach seiner Ankunft in Marokko in den Buden der Attar verbracht hatte, ließ er keine Gelegenheit aus, seine Kenntnisse zu vertiefen, und entdeckte auf diese Weise, was man mit Mixturen aus Ziegenblut und Tee, aus Zimt, Baldrian und grünen Kastanienschalen gegen einen von Quallen verursachten Nesselausschlag und gegen den Biss von Fischen, Schlangen und Wüstenskorpionen ausrichten kann.

An das Haus von Monsieur Laplace gefesselt, bemerkte mein Vater, wie sich das Publikum, das sich seinen Todeskampf angesehen hatte, immer mehr zerstreute, während er in eine fieberglühende Erwartung glitt, die durch die Anstrengung seines Körpers vernebelt war, aus den Eigenschaften der Essenzen das herauszusuchen, was dem Gift entgegenwirken konnte. Ein mit Schweiß und Blut durchtränktes Ringen, erschwert noch durch die Last der Erinnerungen und durch den Gestank des eigenen Fleisches, das gegen seine Auflösung ankämpfte, in Stunden, die ewig zu währen schienen, die jedoch schließlich ein Ende hatten, so wie jeder Sturm ein Ende hat.

Vom wohltuenden Werk der Weisheit der Alchimisten zersetzt, ließ das Gift der Skorpione nach und gab sich geschlagen, es löste sich auf, flaute ab wie der Wind nach einem stundenlangen Unwetter und gab der Seele meines Vaters endlich die Gelegenheit, ihren Weg wiederzufinden, und seinem Körper die Zeit, sein Gleichgewicht zurückzugewinnen.

In der nächtlichen Kühle des Atlasgebirges ließ die Schwellung auf seinem Rücken nach, und auch sein Bauch schwoll allmählich ab, seine Haut wurde wieder weich und verlor die abscheuliche Farbe des Todes, die die Zuschauer so beeindruckt hatte. Die Nebel der Phantasien verzogen sich, und bevor die Sonne erneut über der Ebene aufging, war mein Vater zwar mitgenommen, doch noch am Leben, bereit, die Rolle zu Ende zu spielen, die er sich ausgesucht hatte, während ich noch immer an den atemspendenden Schläuchen hing, ohne ein anderes Heilmittel oder eine andere Fähigkeit oder eine andere Hoffnung, diesem Gefängnis zu entfliehen, als die, ihm in das Haus von Monsieur Laplace zu folgen und mich an seine Worte zu heften, um ein weiteres Mal zu versuchen, die Leere auszufüllen, die ich vor mir hatte.

Als mein Vater zum drittenmal das schwache Hindernis der Fenster überwand, hatte er keine klare Vorstellung davon, was ihn in dem Zimmer erwartete, in dem Aisha gefangengehalten war, und auch nicht davon, was genau er tun sollte, um ihr die Freiheit zu schenken und endlich in den Genuss des Blickes aus den blauen Augen zu kommen, in den er sich verliebt hatte.

Das einzige, was er wusste, war, so erzählte er mir, dass ihn in der Einbildung, ein Befreier zu sein, vor allem die Liebe angetrieben hatte, die Liebe als Ursache aller Symptome der Krankheit, die ihn bis dorthin geführt hatte, doch auch aus der Leidenschaft bestehend, mit der er das Knotenbinden erlernt hatte, mit der er die Zaubertricks geübt und das Wissen um die unzähligen Kombinationsmöglichkeiten der Materie ausgekostet hatte, und all das schien ihm nun die Waffe zu sein, mit der er das Grauen dieses Hauses ein für allemal besiegen konnte.

Seine Glieder waren von dem starken Gift wie zerschlagen, sein Körper, der viele Stunden lang ein verwesender Haufen gewesen war, roch nach Fäulnis, und doch versuchte er, zwischen den Scherben in der Baracke Mohnpulver und Alraune, Gerstenkörner und Lattichsaft aufzutreiben, um Monsieur Laplace damit zu betäuben.

An meinem Bett sitzend, verlangsamte mein Vater erneut das Erzähltempo, indem er, wie er es wohl mit dem Teig für seine Brote getan hatte, die wenige Zeit in die Länge zog, die uns bis zu dem Augenblick blieb, da uns Menschen in Kittel und Haube trennen würden, um zu versuchen, mir das Leben in der Brust wieder zusammenzuflicken. Mit einer Qual, die ich nie an ihm beobachtet hatte, fuchtelte er in der Luft herum, als suchte er nach Worten, mit denen er mir das letzte Stück seiner Geschichte erzählen konnte, und ich begriff, dass er nicht nur versuchte, die Stunden am Vergehen zu hindern, sondern auch dabei war, ein Schloss aufzubrechen, das er nie hatte öffnen wollen, ein Schloss, das die seit vielen Jahren in seinem Herzen verborgene Finsternis verriegelte.

Als trüge er einen Marmorblock auf seinen Schultern, nahm er mich noch einmal mit in dieses Haus, in diese Zimmer voller Unordnung, und noch einmal schlängelte er sich durch die Schutthaufen des Todes, der sie mit Gegenständen vollgestellt hatte. Noch einmal sah ich, wie er an die Schwelle des Zimmers kam, in dem Monsieur Laplace Aisha angekettet hatte, wie er stehenblieb, um das Mädchen anzuschauen und das Erstaunen zu genießen, mit dem sie erkannte, dass das, was sie einen Moment lang für eine Geistererscheinung gehalten hatte, zu einer Gestalt aus Fleisch und Blut wurde.

Dann, erzählte er mir, wurde der Blick, der sich tintenschwarz verdüstert hatte, als das Gift der Skorpione seinen Körper zerstörte, wieder strahlend blau, so wie das aufgewühlte Meer ins Tiefblau wechselt, wenn ein Sonnenstrahl den Vorhang der Wolken zerreißt.

Wieder war da ein rascher Dialog der Blicke, das schwerelose Hinübergleiten meines Vaters zu den gefesselten Händen des Mädchens, die Eleganz der Bewegungen, mit denen er in Sekundenschnelle die Handgelenke von den Ketten befreite, und dann die Spannung und der in einem langen Schweigen angehaltene Atem, während die beiden in Erwartung von etwas Unvermeidlichem und Entsetzlichem dem reglosen Körper von Monsieur Laplace zugewandt waren.

Er hätte nicht sagen können, wie lange dieses Warten dauerte, erzählte er weiter, als er mir den Grund für dieses Zögern begreiflich machen wollte. Die Hast, mit der er Aisha befreit hatte, die durch die Liebe erzeugte Verwirrung und auch die Furcht vor einer unheimlichen Autorität, die er trotz seines anarchistischen und großmäuligen Wesens nicht ganz hatte von sich fernhalten können – all das oder die einfache Tatsache, sagte er, dass jede Geschichte so geschieht, wie es ihr passt, und nicht so, wie wir sie gern erzählen möchten, dass jede Gestalt ihre Rolle, ihre Aufgabe hat und bis zuletzt das erfüllen will und muss, wofür sie geschaffen wurde, all das trug dazu bei, dass er dablieb und auf das Erwachen des Franzosen wartete, ohne den Mut zu finden, ihm den Trank einzuflößen, der ihn ruhiggestellt hätte. Diesmal war es Monsieur Laplace, der bluffte, und während er plötzlich mit einem eisigen Blick die Augen aufschlug, tauchte wie aus dem Nichts eine Pistole in seiner Hand auf.

Hinter sich, so erzählte mein Vater, spürte er Aishas Körper und vor sich den Hass ihres Besitzers. Vielleicht hätte nicht einmal der große Houdini eine andere Lösung gefunden, um sich aus diesem Dilemma zu befreien, aus dieser doppelten Fesselung aus Liebe und aus Hass. Mit der spärlichen Kraft, die mir noch blieb, schaute ich meinen Vater an, während er den Kopf wie vor einem Beichtvater senkte und nach den letzten Worten suchte, mit denen er unsere in die Länge gezogene Zeit herumbringen und beschließen konnte.

Er packte ihn mit einer Hand am Hals, erzählte er mir, und mit der anderen an der Hand, die die Waffe hielt. Was folgte, war ein Kampf in Zeitlupe, beschwert mit der Last jener von zwei entgegengesetzten Kräften gelenkten Leben. Mein Vater hatte die schreckliche Stärke der Unbarmherzigkeit gegen sich, eine Grausamkeit, die sich am Leid der gekauften und verkauften Unglücklichen gelabt hatte und aufgebläht war von der Lust am Befehlen, von der Niedertracht, Herr über andere Schicksale zu sein, über alles, was in jenem Moment und in jenem Zimmer versuchte, seine Fähigkeit zu zerstören, den Tod zu überlisten, ihn an der Nase herumzuführen und Schmerz und Leid in einem Spiel von Tricks und Illusionen einzusperren.

In dem gegenseitigen Bemühen gelähmt, sich zu vernichten, verharrten sie eine endlose Zeit reglos wie eine aus dem Stein des Todes gehauene Marmorskulptur in einem Patt, das meinem Vater zufolge ewig hätte dauern können, weil sein rühriges Talent, seine Fesselungskunst, es ihm erlaubte, den Sturm des Hasses, mit dem Monsieur Laplace seinen Untergang heraufbeschwören wollte, für allezeit zu binden, genauso wie Mondo fähig gewesen war, die Stürme im Zaum zu halten, sie zu umfahren und hinter sich zu lassen, doch nicht, sie zu zerstören.

Dieses Gleichgewicht wurde durch Aisha gestört, durch eine Aufforderung, die von ihrer Gegenwart ausging, eine Bitte, die mein Vater hörte wie einen Schrei, der besänftigt werden musste und der ihn bewog, mit seinem Hokuspokus aufzuhören und die Kraft seiner Jugend einzusetzen, die Hand wegzubiegen und einen Schuss auf den Mann abzufeuern, der über ihre Freiheit bestimmte.

Die darauffolgende Stille lag diesmal über etwas, was noch grauenvoller und erschreckender wirkte. Aus dem Loch, das die Kugel in den Bauch des Franzosen gerissen hatte, quoll eine klebrige dunkle Flüssigkeit, tintenschwarz, etwas, was nicht wie Blut, sondern wie Melasse aussah. Als hätte der Schuss ihn gar nicht getroffen, verstärkte Monsieur Laplace seine Umklammerung, so dass sich mein Vater nicht nur gegen diesen Griff wehren musste, sondern auch gegen das in ihm aufsteigende zunehmende Entsetzen über diesen Kampf. Über einen Zeitraum, der ihm endlos vorkam und in dem er einen Mann würgte, der gar nicht daran dachte zu sterben, sah er sich also selbst, wie er seinem Widersacher die Luft abdrückte, und spürte, wie die Lebenskraft zwischen seinen Händen allmählich nachließ, mit denen er von klein auf das Geheimnis der Knoten geübt hatte, und mit diesem Bild vor Augen begriff er, dass alles, was ihm der Capomastro und seine Mutter zusammen mit der Weisheit Mondos geschenkt hatten, sich nun aus einem Werkzeug der Magie in eine tödliche Waffe verwandelte.

In diesen grässlichen Minuten durchströmte ihn nicht

die heitere Lebenslust, mit der er die Realität bislang stets hatte austricksen können, mit der er Schlösser geknackt und Träume befreit hatte, mit der er vorgegaukelt hatte, dass es möglich sei, sich von Fesseln und vom Schicksal zu befreien, sondern er spürte den Fluch, der auf den Menschen liegt. Das Erbe der Mörder überfiel ihn wie eine gewaltige Last, und in dem Moment, da die Augen von Monsieur Laplace in Todeskälte erstarrten, erkannte mein Vater, dass er in der Einbildung, das Objekt seiner Liebe zu befreien, für immer all das eingesperrt hatte, was er mit Leidenschaft und Leichtsinn betrieben hatte. Unfähig, Weisheit und Magie gleichzeitig einzusetzen, hatte er die Zauberkunst schließlich in einen Käfig gesperrt und sie mit dem scharfen Schnitt von sich abgetrennt, mit dem er dem Leben des Franzosen ein Ende bereitet hatte, er, der den Hieben einer Klinge stets die Pfiffigkeit vorgezogen hatte, mit der man Knoten band und verstand, um sie wieder lösen zu können.

In diesem Augenblick, so gestand er mir, gerade als scin Gefängniswärter besiegt und reglos vor ihm lag, fühlte er sich zum erstenmal wirklich gefangen, fühlte er einen Zustand auf sich lasten, den er mit seinen Spielereien und Geschichten stets ferngehalten hatte. Daher wunderte er sich auch nicht, als er sich umdrehte und sah, dass Aisha aus dem Haus lief. Er folgte ihr, erzählte er mir, nicht um sie aufzuhalten, sondern um auch selbst dieser Hölle zu entkommen, um sich, während er dem Bild nacheilte, das er so liebte, noch einmal einzubilden, dass eine Flucht möglich sei.

Aisha lief viele Stunden lang, und wie in dem Traum, den mein Vater gehabt hatte, schien ihr leichter Schritt sie hinauf in den Himmel über dem Atlasgebirge zu tragen, durch die steinigen Weiten und die Berge, die den Horizont versperrten. Aisha lief viele Stunden lang, und mein Vater folgte ihr, bis der Würgegriff seiner neuen Erkenntnis ihn veranlasste, für immer das loszulassen, was er eigentlich nie hatte festhalten können.

So schrie er, auf dem Boden kniend, seiner fliehenden Liebe die Bitte um den einzigen Lohn nach, den er für ihre Befreiung von ihr verlangte: ihren Namen. Das Mädchen drehte sich nicht einmal um, als sie den Klang, mit dem die Wüste sie gekannt hatte, in die Luft sandte, und der Wind trug ihn zu den Ohren meines Vaters, der ihn auffing, ihn festhielt und ihn an die Worte band, mit denen er mir viele Jahre später diese Geschichte erzählte.

22

Als aishas bild am Horizont entschwand, fing mein Vater also den Klang ihres Namens auf und versuchte, damit die Leere zu füllen, die er in sich spürte, den Abgrund, der sein Leben und seine Fröhlichkeit und die leichtsinnige Kunst, mit der er bis dahin jeden Knoten gelöst hatte, verschlungen hatte. So verharrte er reglos auf dem Boden kniend, um die Reste seines Ichs aufzusammeln, während er sich immer mehr wie eine Hülle des Nichts fühlte, in dem sich alles aufgelöst hatte.

In dieser Reglosigkeit, erzählte er mir, war ihm, als wäre er in der Schwebe, ohne die Vergangenheit, die sich von ihm entfernt hatte, und unfähig, eine Zukunft zu erkennen. In dieser Schwebe kam ihm die Zeit vor wie ein Kindermärchen, wie ein albernes Spielchen oder wie ein ungreifbarer Dunst. Nur die Gegenwart existierte, eine Gegenwart aus Leere, aus der gleichen Leere, in der auch ich schwebte, auf etwas wartend, was mir ein Leben zurückgab, das nicht nur aus dem Schnaufen einer Pumpe, meinem mühsamen Keuchen und dem unbestimmten Horizont des Wartens bestand.

So saßen wir still in meinem keimfreien Zimmer, beide in dem Meer, das uns umgab. Dann lachte mein Vater; er unterbrach das Schweigen zwischen uns mit dem gleichen Lachen, erzählte er mir, mit dem der Beduine vor ihm aufgetaucht war. Eine ehrerbietige Verbeugung, ein eleganter Gruß mit der Hand zunächst zum Herzen, dann zum Mund und auf den Kopf, um seiner Nichtexistenz den

Halt eines Begrüßungsrituals zu geben, den Respekt von Mensch zu Mensch, die Einladung zur Freundschaft zwischen Wanderern. Die Bitte um einen Tausch.

Zwei Leben, die sich mitten in der Wüste begegnen, können nicht anders als etwas tauschen, und sei es nur einen Blick. Der Beduine ging zum Tagesgeschäft über und lockte den auf dem Boden knienden, verstörten jungen Mann mit den Waren, die sein Pferd am Sattel trug, ziselierte Kupferteller und Schmuckkästchen aus Perlmutt, Gewürze, Tabak, Rosenwasser, doch nichts von dem, was er ihm anbot, schien die Aufmerksamkeit seines Blickes auf sich zu ziehen.

Mein Vater hatte zum Tausch nur Worte, und der andere verstand. Er kauerte sich vor ihm auf die Fersen und bedeutete ihm zu reden. Die ganze Nacht und den folgenden Tag über tauschten sie Geschichten, in denen sich die Zelte der Wüste mit den Häusern unterhalb der Alpen vermischten, der Gestank der Kamele mit dem Rattern der Züge, Wind und Sand mit dem Geruch der Schnapsbrennereien und der Magie der Motoren.

Durch diesen Tauschhandel fand mein Vater ein Stück jenes Lebens wieder, das weit von ihm fortgeflohen war, als er Aishas Schleiern gefolgt war, und langsam und geduldig begann er, die Fäden dessen zu verweben, was er erlebt hatte, in der Hoffnung, es durch das Erzählen festhalten zu können, wie er es mit ihr nicht hatte tun können.

In jenen Stunden, in denen sie redeten und redeten, fand mein Vater seine Lust am Verknüpfen der Wörter wieder, die Wohltat, bei der Erinnerung an die Hand des Capomastro und an den verschrobenen Erfindungsgeist von Onkel Attilio zu weinen, und er bemühte sich, seinem Gegenüber den Mechanismus von Nocken und Pleuelstangen zu erklären, ihm das satte Geräusch eines Dieselmotors und die Schwierigkeit eines Japanischen Knotens zu beschreiben und ihm das seltsame und tragische Schicksal der verfärbten Menschen zu schildern, die das kleine Dorf bevölkerten, aus dem er stammte.

Im weiten Raum jener Wüste vor den Bergen entrollte er unter dem helfenden Blick des Beduinen Stück für Stück den Teppich seiner Erinnerungen, die ganze Last des Lebens, das er bis dahin geführt hatte, erzählte von dem unendlichen Blau der Augen, die ihn liebeskrank gemacht hatten, sprach von Aisha und ihrem Lauf, von den Relikten der unzähligen Existenzen, die im Haus von Monsieur Laplace hilflos ihrem Schicksal überlassen gewesen waren, und vom Tod, den er mit seinen Händen umklammert hatte, und von dem Grauen und von der Banalität, mit der er sich besudelt hatte um der Illusion willen, etwas besitzen zu können, was nicht besessen werden konnte, und schließlich von diesem Meer des Nichts, in dem er sich nun verloren fühlte, verschwommen in einer nichtvorhandenen Zeit und an einem Horizont, der sich ihm entzog.

Mein Vater redete, er redete und zeigte mir wie auch seinem exotischen Gesprächspartner jeden Moment, den er gelebt hatte und der nun einsam auf dem Boden lag – um sie her und an meinem Bett, in jener Schwebe, von der ich mir wünschte, sie würde aufhören, und deren Sinn und Zukunft ich gern verstanden hätte.

Der Beduine tauschte Geschichten und Freundschaft mit ihm, sie tranken Karkade-Tee, und in der Nacht wärmten sie sich am Feuer, bis der aus dem Sand aufgetauchte Mann wortgesättigt eine Vielzahl von Schmuckkästchen aus der Satteltasche seines Pferdes nahm, in denen er jene Zeit zu haben behauptete, die mein Vater brauchte, die

Stunden, Monate, Jahre, die er benötigte, um seinem Leben wieder Atem einzuhauchen und wieder auf das Meer hinauszufahren, das ihn nun umgab, und so ergriff mein Vater diesen in Perlmutt eingeschlossenen Vorrat an Zeit mit seinen Händen und kaufte ihn mit dem bisschen Geld, das er noch bei sich trug, mit einigen Säckchen Alraune und Mohnpulver und mit den Geschichten, mit denen er dem Händler das Wortgewebe geschenkt hatte, das diesem Gesellschaft geleistet hatte, so wie es mich hingehalten hatte, während ich auf den Moment wartete, in dem sich alles entscheiden sollte.

Als tüchtiger Händler kaufte mein Vater genug Zeit, um über sein Meer zu fahren, in das kleine Dorf am Fuß der Alpen zurückzukehren, sich mit seinem Onkel Tonio seine neue Arbeit als Marktschreier auszudenken, zu der einen oder anderen Frau und zu meiner Mutter von Liebe zu sprechen, seine Knoten zu binden und zu lösen, Verkaufen und Kaufen zu spielen, während er seine Geschichten zum besten gab und bei Schwierigkeiten mit den Schultern zuckte, scheinbar unbeschwert und leichtsinnig wie immer, bis die Zeit, die der Beduine ihm verkauft hatte, aufgebraucht war, genau in dem Moment nämlich, als er mit der Bocciakugel in der Hand auf der Bahn stand und überlegte, ob er direkt zielen oder mit einem knappen, präzisen Wurf die Kugel des Gegners wegstoßen sollte.

Zwischen dem Tag, da er die vor dem Atlasgebirge gekaufte Zeit in seine Tasche gesteckt hatte, und dem Tag, da diese Zeit aufgebraucht war, spann er das Garn seiner Geschichten ein ums andere Mal neu, wobei er Namen, Orte und Verhältnisse änderte, wie es sich für einen guten Schwindler gehört, denn sein Publikum soll keine Gelegenheit erhalten, zuviel über seine Tricks nachzudenken.

An dem Tag, da er auf dem festgestampften Boden kniend starb, in dem Augenblick, als ihm die Zeit ausging, sah er in der noch milden Morgenluft vor seinen Augen den Eisenbahnwagen vorüberziehen, in den er gestiegen war, um seine Reise nach Afrika anzutreten, er sah Tunis oder Tripolis, genau wusste er es nicht, und den eisigen Blick eines Mannes, der vielleicht Laplace geheißen hatte. Und eine Barchentjacke.

Er sah sich vor der scharfen Kurve an Attilios Haus stehen, an dem Tag, als er zurückgekehrt war, um weiterzuleben, den Blick auf die Tür geheftet, hinter der sein Onkel, bevor er nach Afrika verschwunden war, die Werkstatt eingerichtet hatte, und auf das verblichene Schild über dem Eingang, das noch zu erkennen war, in einem Schatten, der immerhin der Ära des Milchgeschäfts und der Kaninchenzucht widerstanden hatte. Und hinter dem Tor sah er den Hof mit Tonios Luftschutzkeller und Adalgisa, die ihn vom Fenster aus beobachtete, und wie in einem Traum fühlte er sich verloren, abhanden gekommen an einem Ort, den er zu kennen meinte, ohne sich sicher zu sein, ihn jemals kennengelernt zu haben.

Bevor sein Herz stillstand und während seine Knie schon nachgaben, weil keine Zeit mehr blieb, sah er das Zimmer, in dem meine Großmutter gelebt hatte, ein Zimmer, nun ohne die Maschinen, die ebenso wie Mariannas Kaninchen von den Deutschen mitgenommen worden waren, bevor diese dahin zurückgekehrt waren, woher sie gekommen waren. Er stieß die Tür auf und stand vor seiner Mutter, die wie üblich weder zu viele Worte noch zu viele Umarmungen zwischen sie schob und ihn lediglich mit einem Lächeln begrüßte, als wäre er nur ein paar Stunden fortgewesen.

Auf der Bahn kniend, spürte er einen letzten Anflug von Wut, das Bedauern darüber, nicht noch jene Minute gekauft zu haben, die er gebraucht hätte, um zu sehen, ob er die Kugel so geworfen hatte, wie er es hätte tun müssen. Es dauerte nur einen kurzen Augenblick, und wie immer wischte er ihn mit einem Schulterzucken fort, derweil er die Kugel zum Ziel gleiten ließ, langsam wie eine seiner Geschichten und sanft wie eine Zärtlichkeit, während die vom Meer heraufwehende Brise den Namen einer Frau zu ihm trug, in die er, vielleicht, in Afrika einmal verliebt gewesen war.